# RELATO DE UM CERTO ORIENTE

MILTON HATOUM

# RELATO DE UM CERTO ORIENTE

*15ª reimpressão*

Copyright © 1989 by Milton Hatoum
Proibida a venda em Portugal

*Grafia atualizada segundo o Acordo Ortográfico da Língua Portuguesa de 1990,
que entrou em vigor no Brasil em 2009.*

*Capa*
Jeff Fisher

*Preparação*
José Antonio Arantes

*Revisão*
Renato Potenza Rodrigues
Flávia Yacubian
Diana Passy

*Atualização ortográfica*
Verba Editorial

Dados Internacionais de Catalogação na Publicação (CIP)
(Câmara Brasileira do Livro, SP, Brasil)

Hatoum, Milton
    Relato de um certo Oriente / Milton Hatoum. — 1ª ed. — São
Paulo : Companhia das Letras, 2008.

    ISBN 978-85-359-1266-1

    1. Romance brasileiro — I. Título.

08-05398                   CDD-869.93

Índice para catálogo sistemático:
1. Romances : Literatura brasileira  869.93

Todos os direitos desta edição reservados à
EDITORA SCHWARCZ S.A.
Rua Bandeira Paulista, 702, cj. 32
04532-002 — São Paulo — SP
Telefone: (11) 3707-3500
www.companhiadasletras.com.br
www.blogdacompanhia.com.br

*à memória de Sada e Fadel,*
*aos meus pais*
*e a Rita*

*Shall memory restore*
*The steps and the shore,*
*The face and the meeting place;*

W. H. AUDEN

# 1

QUANDO ABRI OS OLHOS, vi o vulto de uma mulher e o de uma criança. As duas figuras estavam inertes diante de mim, e a claridade indecisa da manhã nublada devolvia os dois corpos ao sono e ao cansaço de uma noite maldormida. Sem perceber, tinha me afastado do lugar escolhido para dormir e ingressado numa espécie de gruta vegetal, entre o globo de luz e o caramanchão que dá acesso aos fundos da casa. Deitada na grama, com o corpo encolhido por causa do sereno, sentia na pele a roupa úmida e tinha as mãos repousadas nas páginas também úmidas de um caderno aberto, onde rabiscara, meio sonolenta, algumas impressões do voo noturno. Lembro que adormecera observando o perfil da casa fechada e quase deserta, tentando visualizar os dois leões de pedra entre as mangueiras perfiladas no outro lado da rua.

A mulher se aproximou de mim e, sem dizer uma palavra, afastou com o pé uma boneca de pano que estava entre o alforje e o meu rosto; depois continuou imóvel, com o olhar perdido na escuridão da gruta, enquanto a criança apanhava o corpo de pano e, correndo em zigue-zague, alcançava o interior da casa. Eu procurava reconhecer o rosto daquela mulher. Talvez em algum lugar da infância tivesse convivido com ela, mas não encontrei nenhum traço familiar, nenhum sinal que acenasse ao passado. Disse-lhe quem eu era, quando tinha chegado, e perguntei o nome dela.

— Sou filha de Anastácia e uma das afilhadas de Emilie — respondeu.

Com um gesto, pediu para eu entrar. Já havia arrumado um quarto para mim e preparado o café da manhã. A atmosfera da casa estava impregnada de um aroma forte que logo me fez reconhecer a cor, a consistência, a forma e o sabor das frutas que arrancávamos das árvores que circundavam o pátio da outra casa. Antes de entrar na copa, decidi dar uma olhada nos aposentos do andar térreo. Duas salas contíguas se isolavam do resto da casa. Além de sombrias, estavam entulhadas de móveis e poltronas, decoradas com tapetes de Kasher e de Isfahan, elefantes indianos que emitiam o brilho da porcelana polida, e baús orientais com relevos de dragão nas cinco faces. A única parede onde não havia reproduções de ideogramas chineses e pagodes aquarelados estava coberta por um espelho que reproduzia todos os objetos, criando uma perspectiva caótica de volumes espanados e lustrados todos os dias, como se aquele ambiente desconhecesse a permanência ou até mesmo a passagem de alguém. A fachada de janelões de vidro estava vedada por cortinas de veludo vermelho; apenas um feixe de luz brotava de um pequeno retângulo de vidro mal vedado, que permitia a incidência da claridade. Naquele canto da parede, um pedaço de papel me chamou a atenção. Parecia o rabisco de uma criança fixado na parede, a pouco mais de um metro do chão; de longe, o quadrado colorido perdia-se entre vasos de cristal da Bohemia e consolos recapeados de ônix. Ao observá-lo de perto, notei que as duas manchas de cores eram formadas por mil estrias, como minúsculos afluentes de duas faixas de água de distintos matizes; uma figura franzina, composta de poucos traços, remava numa canoa que bem podia estar dentro ou fora d'água. Incerto também parecia o seu rumo, porque nada no desenho dava sentido ao movimento da canoa. E o continente ou o horizonte pareciam estar fora do quadrado do papel.

Fiquei intrigada com esse desenho que tanto destoava da decoração suntuosa que o cercava; ao contemplá-lo, algo latejou na minha memória, algo que te remete a uma viagem, a um salto que atravessa anos, décadas. Perguntei à empregada quem o desenhara; ela não soube dizer e até ignorava a existência do quadrado de papel na sala onde todas as manhãs ela entrava para fazer a limpeza. Passei então a indagar-lhe sobre a vida da cidade, se a criança era sua filha ou enteada, mas ao bombardeio de perguntas ela soltava um grunhido e confinava-se novamente no seu mutismo ancestral. Quis saber quando nossa mãe tinha viajado, mas não toquei no assunto. Apenas disse que ia sair para visitar Emilie. Pela primeira vez a mulher me encarou com um olhar sereno e demorado; e enfim pronunciou as frases mais longas da breve temporada que passei na cidade.

— Leva um pouco de mel do interior para ela, é o que mais gosta — disse enquanto dava corda no relógio de parede.

— Emilie já está acordada? — perguntei.

— Dizem que tua avó há muito tempo não dorme; ela sonha dia e noite contigo, com teu irmão e com os peixes que vai comprar de manhãzinha no mercado; a essa hora já deve estar de volta para conversar com os animais.

A conversa com os animais, os sonhos de Emilie, o passeio ao mercado na hora que o sol revela tantos matizes do verde e ilumina a lâmina escura do rio. Na fala da mulher que permanecera diante de mim, havia uma parte da vida passada, um inferno de lembranças, um mundo paralisado à espera de movimento. Sim, com certeza Emilie já lhe havia contado algo a nosso respeito. A mulher sabia que éramos irmãos e que Emilie nos havia adotado. Talvez já soubesse da existência dos quatro filhos de Emilie: Hakim e Samara Délia, que passaram a ser nossos tios, e os outros dois, inomináveis, filhos ferozes de Emilie, que tinham o demônio tatuado no corpo e uma língua de fogo.

Já eram quase sete horas quando resolvi sair de casa. Retirei do alforje o caderno, o gravador e as cartas que me enviaste da Espanha e coloquei tudo sobre uma mesinha de ônix, ao lado do desenho afixado na sala. Por distração ou hábito, deixei no pulso o relógio. Nunca imaginei que naquele dia iria consultá-lo mil vezes, muitas inutilmente, outras para que o tempo voasse ou desse um salto inesperado. Lá fora, a claridade ainda era tênue, e, ao olhar para a vegetação estática do jardim, a mulher opinou: "Só mais tarde é que vai chover".

Foi nesse instante que a coisa aconteceu com uma precisão incrível; mal posso afirmar se houve um intervalo de um átimo entre as pancadas do relógio da copa e o trinado do telefone. Os dois sons surgiram ao mesmo tempo, e pareciam pertencer à mesma fonte sonora. A coincidência de sons durou alguns segundos; no momento em que o telefone emudeceu, a criança arremessou a cabeça da boneca de encontro às hastes do relógio, provocando uma sequência de acordes graves e desordenados, como os sons de um piano desafinado. As duas hastes ainda se chocavam quando ouvi a última pancada do sino da igreja. Só então corri para atender o telefone, mas nada escutei, senão ruídos e interferências.

Antes de sair para reencontrar Emilie, imaginei como estarias em Barcelona, entre a Sagrada Família e o Mediterrâneo, talvez sentado em algum banco da praça do Diamante, quem sabe se também pensando em mim, na minha passagem pelo espaço da nossa infância: cidade imaginária, fundada numa manhã de 1954...

Tu ainda engatinhavas naquele natal de 54 e Soraya Ângela era a minha companheira. Quase sempre choramingavas quando ela aparecia, querendo brincar contigo e te acariciar; é verdade que o olhar dela, de espanto, e os gestos bruscos eram de meter medo a qualquer um. Lembro que era rejeitada pelas crianças da vizinhança e ela mesma percebia isso porque resignava-se a brincar com os bichos e fazia diabruras com eles, montando nas ovelhas e torcendo-lhes as orelhas ou enodando o rabo dos macacos. Ela malinava com uma fúria que realmente amedrontava, mas depois ria e aquietava e nos olhava com aqueles olhos graúdos e escuros, como se algum prodígio fosse acontecer após aquele olhar: o som de uma palavra, mesmo mal articulada, ou de uma sílaba soprada pela impaciência ou revolta. Nunca aconteceu um desses prodígios ou pequenos milagres, mas na véspera daquele natal, Anastácia Socorro entrou correndo na copa, gritando "a menina já é letrada" e quase todos acorreram ao quintal: os três filhos de Emilie, os vizinhos e as amigas dela, o irmão Emílio, e à frente de todos Samara Délia, que frequentava as novenas e lia os jornais de cabo a rabo com a esperança de encontrar uma descoberta da medicina que devolvesse à filha os dois sentidos que lhe faltavam. Emilie chegou depois, e todos se afastaram para que ela visse Soraya Ângela sentada entre os tajás brancos e com um giz vermelho à mão esquerda rabiscando no casco da tartaruga Sálua a última letra de um nome tão familiar.

— Foi o melhor presente de natal — exclamou Emilie, após soletrar seu próprio nome, com os olhos fixos na carapaça do quelônio. Samara Délia ficou radiante naquele momento porque os irmãos pela primeira vez reconheceram em Soraya um ser humano, não um monstro.

Muitos anos depois da morte da filha, numa conversa que tivemos antes de eu deixar Manaus, tia Samara me disse que se arrependeu de ter sido feliz naquele instante.

— Ainda era ingênua — desabafou ela. — Pensava que meus irmãos haviam me perdoado por ter tido uma filha, mas tudo não passou de uma encenação para conquistar a simpatia de minha mãe; Emilie pensou que eles tivessem quebrado o gelo comigo, mas só me cumprimentavam na frente dela; bajulavam a coitada e fingiam respeitar meu pai porque precisavam da chave da casa e de uns trocados para farrear; disse isso a minha mãe e sabes o que me respondeu? Tua filha nasceu surda e muda e tu estás ficando insensível; teus irmãos te adoram, às vezes são incompreensíveis contigo porque ainda são meninos: a adolescência é a idade da rebeldia.

— Sim, eram adolescentes e cínicos — continuou tia Samara. — No dia em que minha filha faleceu tiveram a audácia de encomendar flores de organdi suíço à Madame Verdade. Acho que pressentiam a morte de Sorainha porque logo depois do acidente a cabecinha esfacelada estava coberta de flores de tecido. Nunca me senti tão humilhada. Passaram seis anos sem falar comigo, sem fazer um mimo na menina, e de repente enfeitam sua cabeça sem vida com flores que valem uma fortuna!

Não sei se tu te lembras de Soraya Ângela, do seu sofrimento e da sua morte atroz. Ela engatinhava para brincar contigo, e vocês catavam os sapotis crivados de dentadas de morcegos. Quantas vezes tu te acordaste assustado com os cachos negros pendurados no teto do quarto, e no dia seguinte eu te mostrava o rombo na tela dos janelões, por onde transitavam os morcegos até que a claridade os levasse à caverna escura da copa do jambeiro para sorver o soro das frutas.

Estavas ausente naquela manhã. Emilie te levara ao mercado, os tios dormiam e Samara Délia madrugava na Parisiense com vovô. Tudo aconteceu de uma forma rápida e inesperada, como se o golpe fulminante da fatalidade perseguisse o corpo de Soraya Ângela. Estávamos sentadas no jardim da frente, sozinhas, à cata das frutas mordiscadas pelos morcegos. Na verdade

*12*

era eu que juntava as frutas, colhia as papoulas e as flores do jambeiro, e jogava tudo dentro de uma cesta; às vezes, Soraya me ajudava e era curiosa a sua maneira de colher os jambos e as papoulas umedecidos pelo sereno. Permanecia um tempão a mirar a polpa desse coração de veludo que é o jambo; as papoulas, as orquídeas e as flores ela cheirava demoradamente e mais tarde intuí que o odor e o olhar compensavam de certa forma a ausência dos dois sentidos. Outras vezes, como naquela manhã, ela brincava com a boneca de pano confeccionada por Emilie. Lembro-me perfeitamente do rosto da boneca; tinha os olhos negros e salientes, umas bochechas de anjo, e se prestasses atenção aos detalhes, verias que apenas as orelhas e a boca estavam sem relevo, pespontadas por uma linha vermelha: artimanha das mãos de Emilie. Soraya nunca largava a boneca; enfeitava-lhe a cabeça com as papoulas que colhia, oferecia-lhe pedaços de frutas, dirigia-lhe os mesmos gestos com a mão, com o rosto, passava-lhe água-de-colônia no corpo, acariciava-lhe os cabelos de palha ou arrancava-os num momento de fúria, montava com ela no dorso das ovelhas e deitavam juntas, abraçadas. Foram dias de exaltação, de descobertas. Soraya, que parecia uma sonâmbula assustada, começou a abstrair; desenhava formas estranhas, geralmente sinuosas, na superfície de pano que cobria a mesa da sala; reproduzia formas idênticas nas paredes, nos mosaicos rugosos que circundavam a fonte, e na carapaça de Sálua onde o nome de Emilie ainda não se apagara. Tia Samara, numa das poucas alusões à filha, contou que numa noite flagrou-a diante do espelho veneziano do quarto, a pintar os lábios e os pômulos da boneca; uma olhava para a outra, e o espelho contribuía para abstraí-las do mundo.

— Quando a vi assim, tão compenetrada, dei meia-volta, andando na ponta dos pés, para não distraí-la. Foi a primeira e única vez, depois de cinco anos, que esqueci a surdez de Soraya —, confidenciou com uma voz amargurada que podia exprimir também a agonia de Emilie.

Sempre estranhei o silêncio de Samara Délia, o desinteresse em querer saber como tudo tinha acontecido. Eu, pasmada, olhando para a rua, e aquele baque surdo que parecia flutuar no vapor emanente das pedras cinzentas. Procurava Soraya ao meu redor, por detrás dos troncos, da folhagem que lambia a terra, fingindo encontrá-la, aceitando absurdamente a hipótese de que ela teria ido ao pátio ver os animais, banhar-se na fonte, pular a cerca do galinheiro e gesticular furiosamente diante do poleiro para que, em pânico, as aves passassem do sono à debandada caótica, soltando as asas, ciscando a terra e o ar, debatendo-se, encurraladas entre a cerca intransponível e a figura lânguida que com seus excessos de contorções sequer as ameaçava; mas essa encenação matinal, presenciada com espanto e comiseração por todos nós, talvez fosse uma festa para Soraya, uma maneira de ser escutada ou percebida sem ter acesso à palavra, um parênte-se no seu cotidiano (o galinheiro, o quintal, os animais) para escapar aos olhares, aos sussurros de constatação: ela não fala, não ouve, o seu corpo se reduz a um turbilhão de gestos no cen-tro de um espetáculo visto com olhos complacentes. Na mesa, à hora das refeições, tu e Soraya eram servidos pelas mãos de Emilie, sempre em movimento: descascando frutas, separando os alimentos para cada um de vocês, mas tu já podias negar ou aceitar a comida com poucas palavras, com monossílabos, en-quanto Soraya resignava-se a afastar o prato, negacear com a cabeça ou curvá-la em direção ao prato, às vezes olhando para ti, para tua boca, talvez pensando: "Quando me faltou a pala-vra?", ou pensando: "Em que momento descobri que não podia falar?", talvez vexada porque tu, com a tua pouca idade, já eras capaz de construir frases mal-acabadas, fracionadas, desconexas, é verdade, mas com um movimento dos teus lábios, alguém rea-gia, alguém movia os lábios, o mundo ao teu redor existia.

Da rua, do portão do Quartel, da praça, das casas vizinhas, vi muitas pessoas correndo na direção do impacto, e, entre elas, Emilie te segurando com a mão, querendo encontrar-me com os olhos; fiquei um minuto acuada sob a copa do jambeiro, até decidir correr sem olhar para trás e subir as escadas à procura de alguém. Lá em cima tudo parecia sereno e alheio ao que acon-tecia lá fora; percorri o corredor que dava para os quartos e estanquei diante de tio Hákim, que dormia na rede. Ouvi a sua respiração compassada, tive pruridos ou receio de despertá-lo, divisei na penumbra a enorme pilha de livros, os mesmos de sempre, lidos e relidos tantas vezes por ele; naquele pilar de papel tu te sentavas, enquanto tio Hakim folheava um dos livros, mostrando uma gravura que ilustrava um crime iminente, uma cena de amor, a morte de um protagonista cujo nome complicado tu soletravas com um gutural tatibitati; ao escutar os teus arremedos de nomes eslavos, Hakim zombava de todos e até dele mesmo, ao afirmar que a pronúncia correta dos nomes dessas personagens só podia vir da boca de uma criança de dois anos ou da de Soraya. Dos três tios era o único que costumava fazer macaquices com a gente, passear de mãos dadas com Soraya, sempre às escondidas, porque receava que tia Samara descobrisse e lhe jogasse na cara a mesma frase repetida desde que a filha nascera: "Nenhum de vocês é digno de tocar na minha filha". Mas ele não se intimidava com a advertência da irmã, mesmo sabendo que esta tinha suas razões para proibir qualquer contato da filha com os irmãos. Mas tia Samara já desconfiava que nos meses que precederam o natal de 54, Soraya iniciara suas caminhadas pela cidade, acompanhada pelo tio Hakim. Na hora do almoço, quando todos estavam presentes, Samara e Hakim dividiam o embaraço, calados; as caretas de Soraya imitando o bicho-preguiça a escalar uma árvore; o corpo estático imitando a imobilidade das sentinelas de bronze plantadas diante do quartel, os gestos que ela fazia com as mãos e os braços evocando os irmãos sicilianos a dialogar com um cachorro, nada parecia escapar às suas andanças, como se o olhar fosse suficiente para interpretar ou reproduzir o mundo. Pouco a pouco nos acostumamos à sua versão do que se passava nas ruas da cidade; com gestos espalhafatosos, Soraya trazia para dentro de casa uma diversidade de episódios: caricaturas de pessoas esdrúxulas, primeiro os irmãos gêmeos a narrar uma história sem fim ao cachorro, sempre na mesma hora da manhã e no mesmo banco da praça sombreado por uma acácia; ela imitava ambos ao mesmo tempo, alternando os gestos rápidos com uma súbita expres-

*15*

são de interesse e incompreensão, os olhos meio arregalados, as mãos apoiando-se no chão; primeiro os irmãos gêmeos com o cachorro, depois vinham os tiques repetitivos de duas mãos entrechocando-se enquanto o dorso balançava-se. Todos, à exceção dos dois tios, riam dessas imitações que se prolongavam até a hora da sesta; eu, entre o riso e a perplexidade, não entendia por que depois do riso Emilie fechava a cara: sinal de desagrado aos passeios de Soraya. Tia Samara fingia indiferença, mas no fundo andava preocupada com essa encenação, embora não proibisse as saídas esporádicas da filha com tio Hakim. Pior seria vê-la crescer nos limites da casa, rasteando frutas e papoulas, e queimando as mãos ao escavar os formigueiros.

— Dei graças a Deus quando vi minha filha grudada com a boneca, passeando e se divertindo com um brinquedo que atrai qualquer menina. Mas depois do acidente passei a desprezar todas as bonecas do mundo — disse tia Samara, no dia em que fui visitá-la para conversar sobre a minha viagem.

Ela ainda morava e trabalhava na Parisiense, e era tão destra nas artimanhas do comércio que nosso avô atribuiu-lhe para sempre uma tarefa arriscada e temida até mesmo por ele: sondar o gosto da freguesia e selecionar os pedidos das mercadorias. Ela ia raramente ao sobrado, e além das atividades na Parisiense, a sua vida era um mistério para todos nós. Ele comentava vagamente que a filha viajava algumas vezes ao ano, sem que ninguém soubesse o destino e a razão dessas viagens. A sua ausência era tão breve e imprevisível que nosso avô apenas notificava durante o almoço:

— Samara já está de volta.

E um dia, depois de pronunciar a frase lacônica, um dos filhos dele acrescentou:

— De volta da moradia clandestina...

Nessa época nosso avô não tinha ímpeto para contestar esse ou aquele, e muito menos para repreender os dois filhos que outrora ele insultara de javardos, ameaçando-os com um cinturão. Desde o nascimento de Soraya Ângela ele tentara apaziguá-los, mas depois de várias tentativas que não deram em nada, conformou-se em dizer que o destino dos filhos já não lhe interessava. Com a idade avançada de um patriarca cansado da vida, passava horas jogando gamão e contando histórias para ti, e agiu com uma sinceridade espantosa ao enaltecer a filha que tinha, a ponto de confundir as opiniões de Emilie quanto ao estado mental do marido:

— Não entendo mais nada — balbuciava. — Não sei onde começa a lucidez e onde termina o devaneio do meu marido.

Na verdade, ao elogiar a filha ele se mostrava mais lúcido que nunca. A sua fama de homem sisudo, austero e maníaco se diluiu com o tempo, e dos comentários apressados sobre a sua personalidade, restou a verdade unânime de que ele era antes de mais nada uma pessoa generosa que cultuava a solidão. Foi ele que me ajudou a sair da cidade para ir estudar fora, e além disso nunca se contrariou com a nossa presença na casa, desde o dia em que Emilie nos aconchegou ao colo, até o momento da separação. Desfrutamos os mesmos prazeres e as mesmas regalias dos filhos, e com eles padecemos as tempestades de cólera e mau humor de um pai desesperado e de uma mãe aflita. Nada e ninguém nos excluíam da família, mas no momento conveniente ele fez questão de esclarecer quem éramos e de onde vínhamos, contando tudo com poucas palavras que nada tinham de comiseração e de drama.

O pouco que ficamos juntas, tia Samara lamentou a ausência de Hakim, seu irmão. Com uma ponta de ressentimento, dizia: "Lá se vão quase dez anos que ele foi embora e nunca me escreveu uma linha". Os acontecimentos passados já não a fustigavam tanto; por isso, talvez os evocasse com naturalidade, sem nenhum sinal de rancor. Revelava no rosto uma expressão afável, mas o corpo ainda mostrava as mesmas marcas do luto: um vestido de malha, todo preto, uma touca de renda preta que moldava os cabelos negros, e um colar de pérolas negras que pertencera a Emilie. Preservava o mesmo jeito recatado e arredio a todos, e não perdera aquela mania de ficar de perfil e olhar de viés enquanto falava. Volta e meia lembrava a filha:

— Um diabinho lindo, com cabelos claros e cacheados, e

um corpinho esbelto, de gazela. Acordo de manhã ansiosa para contemplar a fotografia dela, como quem apressa os passos para colher uma rosa. Emilie? sim, às vezes vem à Parisiense e entra no meu quarto para chorar. Nunca sei por quem chora ou o que mais a entristece: a ausência de Hakim? a morte do irmão ou de Soraya? a idiotice dos dois filhos?

Me olhou com o rosto virado para o lado e disse:

— Sabes que nunca precisei deles, mas Emilie... como podia viver sem ela?

Ninguém podia viver longe de Emilie, nem refutar suas manias. A boneca, por exemplo, escapou ilesa do acidente e continuou guardada entre as coisas de Emilie, que proibiu a filha de queimar o brinquedo. Foi tio Hakim que fisgou a boneca das mãos das crianças, logo após o acidente. Eu o despertei balançando a rede, e com o susto os óculos fixados na sua testa caíram no chão. Estava grogue de sono e custou para desgrudar as pestanas. Acho que ele ainda saboreava as imagens de um sonho singular, pois sorriu para mim e suspirou "que linda", e voltou a fechar os olhos; então chacoalhei a rede com força, e enquanto atirava as begônias, as flores e os caroços de frutas no rosto dele, soletrei não sei o que e apontei para a rua: o lugar do desastre. Ele deu um salto, olhou para mim e eu mergulhei na rede e fiquei pensando no clarão aberto no meio da rua, preocupada contigo, te procurando, mas só havia enxergado Emilie debruçada sobre um volume coberto por um lençol manchado de vermelho. Havia também peixes e legumes e frutas espalhadas sobre as pedras cinzentas, e os soldados ameaçavam com cassetetes a meninada que tentava fisgar as compras da cesta de Emilie, espalhadas no chão, bem junto ao corpo da prima; alguns curumins saltavam por cima da mancha de sangue, querendo chamar a atenção dos homens armados, vestidos de brim ou cáqui, uma tonalidade da cor da pele das crianças.

Sob a luz intensa do sol todos pareciam de bronze, apenas destoavam o florido da saia de Emilie e a mancha vermelha que ainda se alastrava ao longo do lençol transformado em casulo, a cabeça tal um gorro grená, ou um vermelho mais intenso, mais concentrado, como se a cor tivesse explodido ali, numa das extremidades do corpo. Foi uma das imagens mais dolorosas da minha infância; talvez por isso tenha insistido em evocá-la em duas ou três cartas que te escrevi; na tua resposta me chamavas de privilegiada, porque esses eventos haviam acontecido quando eu já podia, bem ou mal, fixá-los na memória. Numa das cartas que me enviaste, escreveste algo assim: "A vida começa verdadeiramente com a memória, e naquela manhã ensolarada e fatídica, tu te lembras perfeitamente das quatro pulseiras de ouro no braço direito de Emilie e do seu vestido bordado com flores; que privilégio, o de poder recordar tudo isso, e eu? vestido de marinheiro, não participava sequer do estarrecimento, da tristeza dos outros, lembro apenas que Soraya existia, era bem mais alta do que eu, lembro-me vagamente de suas mãos tocando meu rosto e de seu apego aos animais; seu desaparecimento, se não me passou despercebido, foi um enigma; ou, como Emilie me diria nos anos seguintes: a tua prima viajou... Soube, por ti, que eu quase testemunhara sua morte; vã testemunha, onde eu estava naquela manhã?".

Passaste o dia falando dos peixes e dos animais que tinhas visto no mercado, sem entender o alvoroço, a consternação que reinava na casa. Vestias uma camisolinha de cambraia de linho, daquelas em que Emilie bordava duas cabeças de cavalo, ou melhor, bordava o contorno da cabeça e a crina, e o que sobrava pertencia ao tecido transparente, elegia à tua pele. Tu aparecias aos outros vestido assim: a camisola bordada caindo até o joelho, e calçavas um par de botas de soldado e uma meia branca de algodão que terminava também no joelho, com as iniciais do teu nome bordadas com letras góticas. Era uma incongruência que te cobria da cabeça aos pés: botas, bordados, meias compridas, extravagâncias de Emilie, que te acomodava numa cadeira alta, tuas pernas no ar, e sentias uma espécie de vertigem porque olhavas para o chão como se fosse um abismo e lá no alto permanecias imóvel: estatueta ou brinquedo para os adultos que te contemplavam, examinando tuas bochechas, o teu perfil, o pouco do teu corpo que era visível naquele trono cuidadosamente colocado sob a parreira do pátio menor, o teto vegetal que te protegia do sol. Incomodava-me um pouco te ver assim, rodeado de mulheres com os rostos empoados, máscaras ridentes à luz do dia, querendo te devorar, cada gesto teu provocando um alarido, uma convulsão, todas empunhando leques e disputando um espaço ao teu lado para arejar o pequeno ídolo de Emilie.

Emilie se regozijava durante essa sessão de idolatria, fazia gosto observar sua postura de mãe do mundo, estendida sobre ti tal uma redoma radiante a inflar perpetuamente, e confesso que era quase uma humilhação para as outras crianças presenciar essas cenas de devoção, de êxtase; afinal, quem não gostaria de estar ali em cima, santo recém-nascido, suspenso por lufadas e bafos oriundos de bocas e leques de cores exuberantes. Flutuavas, sem saber, em um nicho de nardos. E mais tarde, quando completaste dois anos, aquele pedestal foi abolido, já podias fixar-te no solo e andar sozinho, mas continuavas cercado por uma muralha de mulheres, exalando odores tão estranhos quanto seus nomes: Mentaha, Hindié, Yasmine; sentias falta de Soraya Ângela rastejando contigo, as duas cabeças roçando o solo à caça de saúvas, farejando a trilha quase infindável das formigas de fogo, escolhendo ao acaso uma fileira em movimento que sumia ao pé do tronco de uma árvore; ali vocês estacavam e no sentido oposto seguiam a linha negra e sinuosa ao lado do canteiro que desembocava no quintal dos fundos, limítrofe ao pátio da fonte; encontravam finalmente os orifícios por onde elas iam e vinham: habitações subterrâneas, labirintos invisíveis, montículos móveis, crescendo, sumindo aqui e ali ressurgindo. Vocês já sabiam que os relevos de terra e os olhos encastrados na terra queimavam como o fogo; para ti, eram montanhas e pupilas perigosas, mas Soraya se divertia ao desafiá-las com os dedos, com as mãos, com o rosto; certa vez ela chegou a esfregar o rosto numa dessas protuberâncias ígneas, e logo saiu em disparada em direção à fonte; do seu rosto pareciam cuspir labaredas, e toda a agonia da voz inexistente concentrava-se nas contorções das faces, nos olhos espremidos, nas mãos tateando as bordas da enorme concha de pedra à procura de algo, de um líquido para aliviar sua dor, dos jorros d'água da boca de pedra dos anjos; padecias com a ausência de Soraya e, solitário entre castelos e cavernas de fogo, desprotegido da sombra do corpo dela, choravas aos cântaros, não sem antes mirar a fonte, o rosto inchado de Soraya, o riso que surgia entre os filetes de água e os cachos de cabelos. Era como se houvesse uma inversão de suplício e de dor, alguém chorando por uma ausência, outro rindo ao constatar a razão do choro. Tu silenciavas quando ela voltava da fonte com as mãos em cuia despejando água no teu corpo, te atraindo para os mosaicos do pátio, para a fonte, te conduzindo à pedra marrom e abaulada que fingia dormir um sono secular; aquela escultura estranha, às vezes amanhecia perto da fonte e confundia-se com a matéria espessa e rugosa da própria fonte; num outro momento do dia era inútil procurá-la, e quantas vezes fucei o quintal, o corredor lateral e os pátios sem qualquer resultado; ficava frustrada por não encontrar o esconderijo de um bicho tão lento, mas essa lentidão, que o acompanha durante mais de um século de vida e que nos parece um desafio ou uma afronta, faz parte da própria matéria do animal; me assustava ao descobri-lo assim sem querer, camuflado sob um monte de folhas no chão; sem mais nem menos a coisa se revelava antes pelo movimento que pelo contraste de texturas, à diferença de outros animais desprovidos de uma carapaça, como se estivessem inevitavelmente expostos ao tempo, ao exterior, ao mundo. Através da veneziana eu espiava vocês dois juntos do relojão negro, aquele nicho com hastes douradas que atravessara quase um século inteiro competindo com Emilie o ciclo repetitivo dos dias; aquele relógio de parede, o mais silencioso de todos os que conheci, era um dos objetos que mais fascinava Soraya. Ela permanecia horas diante dele, os seus olhos cravados no movimento pendular da haste dourada, no ponteiro de minutos, esperando o salto regular e também calado da flecha negra. Hoje fico pensando no tempo que ela dedicava a esse diálogo surdo com o tempo, indiferente às badaladas quando as duas flechas coincidiam; basta dizer que ao meio-dia as pancadas graves e intensas me doíam os ouvidos, e eu me distanciava da fonte sonora. Ninguém, aliás, suportava as pancadas que surgiam bruscamente, como trovões. Desde pequena, via Soraya impassível diante do objeto negro a anunciar o meio-dia; no início imaginei que podia ser apenas uma brincadeira, mas ela não desviava o olhar nem quando Emilie se aproximava do relógio ao meio-dia, todos os dias; imersa na atmosfera que era só reverberação, ela abria a tampa de cristal, procurava algo em algum recanto da caixa, e apalpando suas paredes internas retirava uma chave, e então sua mão se perdia nas vísceras metálicas, procurando o orifício, a fenda que se ajustaria à chave, ali, bem no âmago da máquina.

Dos objetos existentes no interior da casa, o relojão era o único cultuado por Soraya Ângela. Tio Hakim, que vivia contando histórias esquisitas sobre este relógio, disse que ele foi parar na parede da sala depois de meses de negociação entre Emilie e o marselhês que vendeu a Parisiense à família, lá pelos anos 30. A transação quase gorou por causa da intransigência de ambos, e parece que vovô chegou a jogar na cara de Emilie que tudo poderia ir por águas abaixo por causa de um relógio.

— Corremos o risco de ter que voltar à nossa terra abanando as mãos — disse o velho.

— Não faz mal — replicou Emilie —, no Líbano tenho o relógio que quero e além disso não vou precisar gaguejar nem consultar dicionários para falar o que me der na telha.

Ao fim de quatro meses de propostas e contrapropostas, ficou acertado que não apenas o relógio, mas também os espelhos e lustres venezianos, as cadeiras art déco e um jogo de talheres de prata com cabo de marfim ficariam em posse de Emilie; esta, no jogo paciente e obstinado do toma lá dá cá, ofertou ao marselhês duas peças de tecido importado de Lyon e um papagaio dotado de forte sotaque do Midi e capaz de pronunciar "Marseille", "La France" e "Soyez le bienvenu". Separar-se do papagaio foi penoso para Emilie, porque lhe fora presenteado por Hindié Conceição, que durante muito tempo amestrou o aracanga na arte de bem falar. Da sua moradia suspensa, construída no meio do pátio dos fundos da Parisiense, ele rezava uma Ave-Maria, citava um versículo do Deuteronômio e no início da noite e nas manhãs ensolaradas as palmas de Emilie ritmavam a canção predileta das duas amigas: "Baladi Baladi". Ao anoitecer, os fregueses e visitantes mais distraídos pensavam tratar-se de uma transmissão radiofônica em ondas curtas, de uma novena ou missa realizada no outro lado do oceano. Parece que vovô os corrigia, dizendo-lhes "aqui no Amazonas os que repetem as palavras dos apóstolos são cobertos de penas coloridas e cagam na cabeça dos ímpios". Emilie sabia que Laure, ao emitir cânticos com vozes de brinquedo de dar corda, irritava o marido a ponto de mantê-lo sempre afastado do pátio. No entanto, ela só começou a desencantar-se com a ave quando esta embirrou com uma das empregadas que serviu à família, antes da chegada definitiva de Anastácia Socorro. Era uma negra órfã que Emilie escolhera entre a enxurrada de meninas abandonadas nas salas da Legião Brasileira de Assistência; estava tão faminta e triste que havia esquecido seu nome e sobrenome e só se comunicava através de gestos e suspiros. Laure, no primeiro contato com a novata, antipatizou com ela: recusava-se a bicar as bananas e os mamões, a ingerir a tapioca com leite servida pela doméstica e interrompia uma canção ou uma reza ao notar a presença da menina no pátio. Emilie tolerou essa birra por algum tempo, mas dispensou a empregada no dia em que Laure amanheceu com o bico coberto por uma pasta que era a mistura de uma baba gosmenta com sal. Desde então, a ave silenciou. Nos meses de negociação com o marselhês, Hindié levou o papagaio de volta à sua casa, empenhou-se arduamente para que ele recuperasse a voz e logrou ensinar-lhe algumas frases em francês. O marselhês ficou tão impressionado com a desenvoltura fonética da ave que, temendo a sua fuga, aparou-lhe as penas, construiu-lhe uma gaiola de bambu e, contrariando o sexo do animal, rebatizou-a com o nome de Strabon. Os franceses e clientes do restaurante "La Ville de Paris", situado na rua do Sol, ficaram surpresos ao ver uma gaiola quase do tamanho de uma jaula, pendendo sob o eixo do ventilador de teto: a gaiola oscilava e girava como um móbile gigantesco flutuando à deriva no meio do pé-direito de oito metros. Só quando as palhetas do ventilador paravam de girar é que era possível enxergar Strabon, encolhido, as penas eriçadas e a cabeça enfiada no corpo. Livre das rajadas de vento, a ave recobrava sua forma original: o calor lhe devolvia a plumária furta-cor e o jeito sobranceiro, e uma voz grasnante repetia a última frase aprendida: "Je vais à Marseille, pas toi?". Uns riam sem compreender, outros se entristeciam porque o porto para onde Strabon se destinava era-lhes impossível e só aguçava a nostalgia do Midi distante. Emilie, por sua vez, enfureceu-se ao saber que o marselhês expunha Laure ao vendaval artificial para que o animal se aclimatasse, desde já, às lufadas de vento frio do inverno europeu. Um dia resolveu ir até o restaurante, mas estacou diante da porta ao ver a colônia francesa concentrada debaixo da gaiola e olhando para cima, enquanto um cego acompanhava no acordeão a marselhesa, entre garrafas de vinho tinto e champanhe. Voltou para casa indignada e desabafou:

— Com tantos galos soltos por aí, decidiram fazer de um papagaio o símbolo da Pátria. Só falta transformar a minha bichinha numa arara tricolor.

Para meu avô, para todos nós, a aquisição exigente do relógio foi um mistério durante muito tempo. Se algo havia de análogo entre Manaus e Trípoli, não era exatamente a vida portuária, a profusão de feiras e mercados, o grito dos mascates e peixeiros, ou a tez morena das pessoas; na verdade, as diferenças, mais que as semelhanças, saltavam aos olhos dos que aqui desembarcavam, mesmo porque mudar de porto quase sempre pressupõe uma mudança na vida: a paisagem oceânica, as montanhas cobertas de neve, o sal marítimo, outros templos, e sobretudo o nome de Deus evocado em outro idioma. Mas uma analogia reinava sobre todas as diferenças: em Manaus como em Trípoli não era o relógio que impulsionava os primeiros movimentos do dia nem determinava o seu fim: a claridade solar, o canto dos pássaros, o vozerio das pessoas que penetrava no recinto mais afastado da rua, tudo isso inaugurava o dia; o silêncio anunciava a noite. Emilie acompanhava o percurso solar, indiferente às horas do relógio, às badaladas dos sinos da Nossa Senhora dos Remédios e ao toque de clarim que lhe chegava aos ouvidos três vezes ao dia. Desagradava-lhe a ideia de que alguém soprasse uma corneta em intervalos de seis horas, o som espraiando-se sobre os telhados de uma cidade cujos moradores acordavam com o canto dos galos: a manhã ensolarada despontava, inesperada, brusca, ao meio do canto. Por isso, nosso avô estranhou que Emilie se empenhasse tanto na aquisição do relógio; ela fez questão de trazê-lo ao sobrado logo que este foi inaugurado; os espelhos e a mobília vieram mais tarde, quando a Parisiense se tornou apenas um lugar de trabalho.

Eu também sempre fui ávida de desvendar o motivo do interesse de Emilie pelo relógio. Sabia que entre os tios, apenas Hakim era uma fonte de segredos. No momento em que ele desembarcou, Emilie já tinha expirado. Chegou no início da noite de sexta-feira, depois de mais de dez horas de um voo complicado e cheio de escalas. Trazia na bagagem uma quantidade exorbitante de iguarias orientais e uma caixa do indispensável tabaco persa para nutrir o vício dos levantinos mais velhos, que só fumavam o narguilé com o tabaco oriundo de Teerã. Chegou também com um pouco de esperança, pois tio Emílio, discreto e comedido, evitou falar a verdade ao sobrinho. Avisou por telefone que Emilie estava mais triste e saudosa que idosa, e implorou a presença dele antes do pôr do sol daquela sexta-feira. Tio Hakim concordou sem insistir em falar com Emilie, sabendo que a mãe andava meio surda, e só escutava a voz de duas ou três pessoas além de Hindié Conceição, e assim mesmo era necessário falar aos berros, bem devagar e em árabe. Quando voltamos do cemitério no início da noite, nós o encontramos sozinho no jardim deserto do casarão fechado. Ele observava o interior da sala em desordem através do trançado de fasquias, inconformado em não poder entrar, desconsolado com o pressentimento funesto que se tornou real ao perceber a aproximação dos carros enfileirados e a vestimenta escura das mulheres que desciam para cumprimentá-lo. Notei seu jeito embaraçado, as mãos abertas que penteavam os cabelos acinzentados, os movimentos apressados para recompor o corpo e ajeitar o paletó de linho, e a expressão indecisa do rosto, porque a saudação que teria sido efusiva e calorosa por tanto tempo de ausência, não passou de um aperto de mão ou de um abraço de pêsames. Formaram um círculo ao redor de tio Hakim, e uns sentavam nas maletas para chorar e outros procuravam na sala desarrumada e aclarada por uma única lâmpada os resquícios de uma vida inteira, adiando a difícil decisão de entrar na sala que ainda recendia a flores e a cera derretida. Por fim, tio Hakim começou a falar, ele também já contaminado pela dor súbita, e lá fora eu escutava sua voz a intervalos, uma voz que indagava e respondia ao mesmo tempo, sem outra preocupação a não ser manter a voz no ar para que os amigos e o irmão de Emilie não lamentassem a cada segundo o desastre ocorrido no início da manhã. Tio Emílio aproveitou uma pausa para anunciar a minha presença, e me chamou com tanta veemência que parecia denunciar o meu jeito esquivo, de observadora passiva. Por um momento o luto cedeu lugar à efusão; eu e tio Hakim nos abraçamos, e enquanto durou o abraço ele praguejou, dizendo que moramos tanto tempo no sul, em estados vizinhos, e eu só o visitara uma única vez, sabe Deus há quanto tempo. O peso do corpo e da idade tornara-o um pouco corcunda, mas mantinha a mesma elegância de outrora e adquirira a gentileza descompromissada de um solteirão solitário e bonachão. Pediu para que abrissem a porta, pois queria distribuir os presentes e sentar um pouco na poltrona que ele reconheceu ser a mesma de outros tempos. Hindié, que conhecia a casa como a palma da mão, acendeu as luzes e desapareceu no corredor alegando que ia preparar um café; tio Hakim resolveu abrir as malas para dissimular o mal-estar, porque tudo naquele espaço e nas pessoas que o ocupavam ainda estava coberto pela sombra espessa de Emilie. Depois de abrir as duas malas, ele ofereceu os pacotes coloridos até para os desconhecidos, empilhando sobre o tapete persa as lembranças dos amigos ausentes que ele mesmo distribuiria quando os encontrasse. Apenas uma sacola permaneceu lacrada, e logo entendi que ela nunca seria aberta. Algumas pessoas sorriam e agradeciam ao desembrulhar os pacotes, e o que se via era um objeto perfeitamente adequado ao gosto e ao corpo a que se destinava; mesmo assim o entusiasmo foi pouco, e então tio Hakim começou a perguntar sobre a vida de cada um, mas na fala reticente de todos, o que sobressaía era um halo de morte. Nada mais havia a fazer, senão entregar-se sem pena e receio à dor que ele dissimulava com esforço; compartilhou com os outros o luto e a saudade, só que de uma maneira exagerada, quase feroz, a ponto de deixar Hindié Conceição tremendo da cabeça aos pés, e por pouco a mulher corpulenta não veio abaixo com a bandeja repleta de xícaras de café. Fiquei tão surpresa com a reação de tio Hakim, que não notara a chegada de amigos de Emilie, atraídos pela claridade, pelas portas escancaradas e pela voz de um filho que magnetiza a atenção dos outros ao evocar sua mãe:

— Lembram como fazia Emilie? — disse tio Hakim, sorvendo o último gole de café. — Ela pedia para que todos emborcassem a xícara na bandeja, e depois examinava o fundo de porcelana para decifrar no emaranhado de linhas negras do líquido ressequido o destino de cada um.

A conversa se estenderia por toda a noite, porque as pessoas não conseguiam ouvir as histórias sem emitir uma opinião ou recordar algo; alguém já começara a abrir as caixas de bombons e doces para acompanhar a próxima rodada de café; depois viriam os sucos e aguardentes, e quem sabe uma refeição improvisada no meio da madrugada. Tudo isso me remetia a Emilie, me deixava ansiosa em conhecer sua vida numa época anterior ao nosso convívio. Aproveitei o vozerio e o choro para sair de mansinho da sala, e abandonar a casa sem falar com ninguém. Antes de atravessar o portão, percebi que alguém me seguia de perto, e era tio Hakim que se apressava para se despedir de mim.

— Tens notícias de Samara Délia? — perguntou.

— Nenhuma — disse. — Sei apenas o que tio Emílio me informou: que ela abandonou a Parisiense e ninguém sabe por onde anda.

Quis saber quanto tempo ele ia ficar em Manaus. Com um ar preocupado, olhando ao seu redor, como se quisesse evitar a aproximação de um intruso, respondeu:

— O tempo necessário para rever minha irmã.

Disse-lhe, então, que gostaria de conversar com ele, longe do tumulto, longe de todos. Mencionei o relógio negro, e tantas outras coisas que me deixaram intrigada; ele prometeu que se encontraria comigo tão logo recobrasse a serenidade e o fôlego.

— Posso passar o resto da minha vida falando do passado — disse, com uma voz mais descansada.

O encontro aconteceu na noite do domingo, sob a parreira do pátio pequeno, bem debaixo das janelas dos quartos onde havíamos morado. Na manhã da segunda-feira tio Hakim continuava falando, e só interrompia a fala para rever os animais e dar uma volta no pátio da fonte, onde molhava o rosto e os cabelos; depois retornava com mais vigor, com a cabeça formigando de cenas e diálogos, como alguém que acaba de encontrar a chave da memória.

# 2

"TIVE A MESMA CURIOSIDADE na adolescência, ou até antes: desde sempre. Perguntei várias vezes à minha mãe por que o relógio e, depois de muitas evasivas, ela me pediu que repetisse a frase que eu pronunciava ao olhar para a lua cheia. Devia ter uns três anos quando apontava para o céu escuro e dizia "é a luz da noite". Foi a explicação oblíqua que Emilie encontrou na minha infância para não falar de si.

Anos depois, ao arrancar algumas palavras de Hindié Conceição é que a coisa ficou mais ou menos clara. Ela me contou uma passagem obscura da vida de Emilie. Minha mãe e os irmãos Emílio e Emir tinham ficado em Trípoli sob a tutela de parentes, enquanto Fadel e Samira, os meus avós, aventuravam-se em busca de uma terra que seria o Amazonas. Emilie não suportou a separação dos pais.

Na manhã da despedida, em Beirute, ela se desgarrou dos irmãos e confinou-se no convento de Ebrin, do qual sua mãe já lhe havia falado. Os irmãos andaram por todo o Monte Líbano à sua procura e, ao fim de duas semanas, escutaram um rumor de que a filha de Fadel ingressara no noviciado de Ebrin. Foi Emir quem armou o maior escândalo ao saber que sua irmã aspirava à vida do claustro: ele irrompeu no convento sem a menor reverência ao ambiente austero, gritando o nome de Emilie e exigindo, com o dedo em riste, a sua presença na sala da Irmã Superiora; viu, enfim, a irmã entrar no recinto, toda vestida de branco e o rosto delimitado por um plissado de organdi; essa visão, mais que a fuga, talvez o tenha levado a tomar a atitude que tomou: sacou do bolso um revólver e encostou o cano nas têmporas ameaçando suicidar-se caso ela não abandonasse o convento. Emilie ajoelhou-se a seus pés e a Irmã Superiora intercedeu: que partisse com o irmão, Deus a receberia em qualquer lugar do mundo se a sua vocação fosse servir ao Senhor.

Foi um golpe terrível na vida de Emilie. Ela concordou em deixar o convento naquele dia, mas suplicou que a deixassem rezar o resto da manhã e tocar ao meio-dia o sino anunciando o fim das orações. Foi a Vice-Superiora, Irmã Virginie Boulad, quem atribuiu a Emilie a tarefa de puxar doze vezes a corda do sino pendurado no teto do corredor contíguo ao claustro. Essa atribuição fora fruto do fascínio de Emilie por um relógio negro que maculava uma das paredes brancas da sala da Vice-Superiora. Ao entrar pela primeira vez nesse aposento, exatamente ao meio-dia, Emilie teria ficado boquiaberta e extática ao escutar o som das doze pancadas, antes mesmo de ouvir a voz da religiosa. Hindié Conceição me repetiu várias vezes que a amiga cerrava os olhos ao evocar aquele momento diáfano da sua vida.

Ela falava de um som grave e harmônico que parecia vir de algum lugar situado entre o céu e a terra para em seguida expandir-se na atmosfera como o calor da caridade que emana do Eterno e de seu Verbo. E comparava a sucessão de sons às mil vozes secretas das badaladas de um sino que acalmam as noites de agonia e despertam os fiéis para conduzi-los ao pé do altar, onde o arrependimento, a inocência e a infelicidade são evocados através do silêncio e da meditação. Talvez por isso Emilie parava de viver cada vez que o eco quase imperceptível das badaladas da igreja dos Remédios pairava e desmanchava-se como uma nuvem sobre o pátio onde ela polia os anjos de pedra após extrair-lhes o limo e os carunchos acumulados na temporada de chuvas torrenciais. Ela interrompia as atividades, deixava de dar ordens a Anastácia e passava a contemplar o céu, pensando encontrar entre as nuvens aplastadas contra o fundo azulado e brilhante a caixa negra com uma tampa de cristal, os números dourados em algarismos romanos, os ponteiros superpostos e o pêndulo metálico.

Isso foi tudo o que Hindié me contou a respeito do relógio e da permanência de minha mãe no convento de Ebrin, há mais de meio século. Sem largar o cabo do narguilé, abanando-se com um leque descomunal feito de fios trançados e enfeitados com penas de pássaros, ela só parava de matraquear para tomar fôlego e enxugar o suor do rosto com a ponta da saia, sem se importunar em mostrar a folhagem de panos transparentes que separava a pele do algodão florido da túnica que nunca tirava. No entanto, esse gesto aparentemente despudorado, além de parecer natural a Hindié, permitia criar uma intimidade quase familiar entre ela e as "crianças" da casa. Embora estivesse beirando os dezoito anos, meu corpo franzino aliado ao meu temperamento tímido e recatado acentuavam ainda mais a diferença de idade que havia entre nós. Abanando-se com um movimento da mão que acabava contaminando o corpo todo, eu sentia no rosto a corrente intermitente de ar morno e fumaça, e seguia sua voz sem pestanejar, e quase sem chances de intrometer-me no fio sinuoso da conversa de que só ela participava. Na verdade, estava premida por uma vontade tão grande de falar, que num minuto de monólogo era capaz de mesclar o mau humor de ontem ao episódio ocorrido às vésperas de um natal remoto, quando ainda morávamos na Parisiense.

Todos se reuniam na copa do casarão rosado, com a exceção de meu pai, que se ilhava no quarto ou ia passear na Cidade Flutuante, onde ele entrava nas palafitas para conversar com os compadres conhecidos, com os caboclos recém-chegados do interior, e depois caminhava até o porto para visitar armazéns e navios.

Antes do amanhecer Emilie me acordava para colhermos as flores do jardim; depois tirávamos Samara da rede e íamos de bonde ao bairro dos franceses para comprar buquês de jasmim-porcelana e cansarinas róseas. Com linha amarela e agulha de madeira fazíamos colares e adornos para serem oferecidos aos convivas, e em cada taça de porcelana Emilie arrumava uma pétala branca e espalhava jasmins-do-mato no assoalho da alcova. As mulheres da vizinhança ajudavam na cozinha, preparando e esticando a massa dos pastéis e folheados. Eram finos lençóis de trigo estendidos por toda a casa, panos translúcidos que formavam cavernas de sombra onde brincávamos de adivinhar a silhueta do outro ou de colar o rosto nas superfícies que se moldavam à pele ou cobriam a cabeça como uma máscara ou um capuz. Tio Emílio fazia as compras, matava e destrinchava os carneiros, torcia o pescoço das aves e passava-lhes a lâmina no gogó para que o sangue esguichasse com abundância, como exigia meu pai. Só uma vez é que utilizaram outra prática para matar os animais. Consistia em embriagar as aves e torcer-lhes o pescoço para que vissem o mundo já embaçado girar como um pião. As aves morriam lentamente, ébrias, os olhos dois pontos de brasa e o pescoço mulambento como um barbante. "Esse martírio só pode ser obra de cristão", proferia meu pai, sabendo que Hindié já fizera isso em outras casas e que era uma prática bastante difundida na cidade.

Na véspera daquele natal, Hindié apareceu em casa com um garrafão de cachaça e ela mesma embebedou os doze frangos e quatro perus, enrolou um fio de tucum no pescoço de cada ave e convocou a vizinhança para assistir ao holocausto. Nunca me saiu da cabeça a visão das aves saltitando em círculo com os cangotes bambos, sufocadas pelo movimento de cada salto que estrangulava a vizinha. Hindié batia palmas e gargalhava, despreocupada em mostrar a gengiva crivada, e indiferente às nuvens de moscas que empastavam as mechas de cabelo que caíam até o meio das costas.

Naquela tarde presenciei tudo de longe, com curiosidade e um certo receio. Hindié tratava qualquer criança como se fosse seu filho, despejando uma enxurrada de beijos, abraços e palavras carinhosas nas pequenas vítimas que moravam nos arredores de sua casa. Mas essa entrega parecia a manifestação de um sadismo requintado, pois o carinho exagerado que recebíamos de uma mulher como Hindié dava-nos uma incômoda sensação física, sem a transcendência e a naturalidade do gesto materno, que, para ser caloroso e sensual, não necessita de excessos nem de grandes encenações. Talvez por isso, quando criança, eu me sentia sufocado e acuado na presença de Hindié, não tanto pela feiura e desleixo do seu corpo, e sim pela maneira que me seguia, ou melhor, me perseguia, com os dois braços abertos e agitados, que para o tamanho de uma criança pareciam um par de tentáculos, enormes e ameaçadores. Ela anunciava a sua visita batendo palmas estrondosas, gritando Emilie com uma voz pastosa que vinha da gengiva e ecoava nos aposentos da Parisiense. Eu e Samara saíamos em disparada rumo ao lugar mais recôndito da casa, onde permanecíamos encasulados numa rede, escutando as vibrações de um vozeirão a rondar o nosso esconderijo. Mas havia algo mais forte e repulsivo no corpo dela: o cheiro, o odor de azedume que flutuava ao redor daquela mulher como uma aura de fétidos perfumes. Na infância há odores inesquecíveis. Durante esses anos de ausência, não sei se seria capaz de recompor na memória o corpo inteiro de Hindié, mas o bafo que se despregava dela, mesmo à distância, me perseguiu como a golfada de um vento eterno vindo de muito longe. Meu pai dizia que era um cheiro mais enjoativo que o do gato maracajá. Com uma ponta de ironia, ele me segredava: se esta mulher entrar no mato, jaguatirica no cio vai lamber as pernas dela.

O fato é que desde aquele natal meu pai e Hindié se estranharam. Até hoje não sei como ele descobriu que as galinhas e os perus tinham ingerido cachaça antes de serem estrangulados. Hindié, que também era inclemente com ele, me disse durante a conversa:

— Teu pai tem o olfato mais aguçado que um cão. Sentiu o cheiro da aguardente lá no quintal, onde o aroma do jasmim branco é muito forte.

Ao vê-lo entrar, altivo mas com o rosto sisudo, sem cumprimentar ninguém, desconfiamos que aquela noite, normalmente propensa à festa e à comilança, estava ameaçada por um fio frágil e tenso que bem podia romper-se na culminância de risos, brincadeiras, galanteios, danças e elogios à culinária exuberante e à decoração da sala: um cenário colorido e cambiante como um caleidoscópio.

Num dos cantos da sala o pinheiro que imitava o cedro estava repleto de penduricalhos e caixas transparentes com presentes embrulhados em papel de seda; nas prateleiras das vitrinas e cristaleiras havia bandejas de doces, bombons, frutas secas e vários tipos de tortas de frutas da região. O teto da sala estava coberto de balões furta-cores, e por toda a casa se espalhavam bolas de sumaúma enroladas em papel crepom, que encerravam caixinhas com caramelos e chocolates recheados de castanha. Eram tantos objetos coloridos que reluziam dentro e fora das vitrinas que a festa de natal lembrava os preparativos carnavalescos; só faltavam as máscaras e fantasias para a ceia religiosa tornar-se uma festa pagã.

Antes de meia-noite, a vitrola tocava canções portuguesas e orientais ritmadas com palmas, e os vizinhos estrangeiros, vestidos a caráter, vinham cumprimentar Emilie e assistir às filhas de Mentaha dançarem após a ceia. Teria sido uma noite desastrosa, não fosse por Emilie e uma visita inesperada.

Meu pai permaneceu no quarto durante o crepúsculo e uma parte da noite; todos sentimos que no silêncio do homem que se confinara havia uma revolta calada que extravasava a circunspecção. Emilie continuou absorvida por afazeres diversos, embora soubesse que as pessoas ao seu redor se moviam com preocupação, pressentindo um transtorno iminente.

— Aconselhei tua mãe a ir falar com ele, mas ela não é de adular ninguém — disse Hindié. — Perguntei o que tinha contrariado o marido dela.

— Deve ser uma das proibições do Livro — ironizou Emilie —, mas hoje quem dita o que pode e não pode sou eu, não um analfabeto guerreiro que se diz Profeta e Iluminado.

A casa já fervilhava de gente quando ouvimos os passos no assoalho e o estalido seco de uma porta fechada com violência. Todas as vozes calaram, mas uma mão previdente aumentou o som da vitrola; mesmo assim, ninguém, salvo Emilie, conservou um ar de espontaneidade nos gestos, porque ali todos estavam petrificados, como num retrato de família. Ele atravessou as duas salas e o espaço da loja com a mesma altivez e cumprimentou com a cabeça as pessoas que não enxergava. Os que pensaram estender-lhe a mão aliviaram-se porque carregava uma trouxa de tralhas como se fosse atravessar um deserto. Levava o nargui-

*34*

lé com incrustações de madrepérola, um pote de vidro com sementes secas de jerimum, um embrulho com pão e zatar, e o rádio Philco holandês, oito faixas, que captava as ondas do ocidente e oriente, sintonizando estações do Cairo e de Beirute que o colocavam a par das últimas notícias, transmitiam programas musicais e a voz possante de um muezim que eu ouvi, anos depois, na gravação que ele me dera de presente.

Todos estavam cabisbaixos, e até nossa vizinha, tia Arminda (minhota risonha que enfrentava os momentos mais difíceis da vida com um sorriso eterno que dividia o seu rosto), fechou a cara, escondendo os dentes graúdos e salientes. Eu estava bem juntinho de Samara e apertava sua mão molhada, mas acho que nós dois suávamos frio. Hindié recordou que meu pai seria capaz de fulminá-la com um olhar, mas não olhou para ninguém enquanto caminhava. Antes que ele desaparecesse sozinho na noite, Emilie começou a bater palmas, a tagarelar, e me separou de Samara para dançar comigo, e então dançámos e rimos sem a sombra do meu pai na casa iluminada. E, como um retrato que se anima ou um grupo de esculturas que se move, as outras pessoas nos acompanharam na dança e Arminda tornou a sorrir enquanto Hindié arrumava o vaso de jasmim na mesa e tirava do forno os folheados e as esfihas.

— Indiquei o lugar de cada um na mesa, sem saber se alguém ia assistir à missa do galo — continuou Hindié, fumando com ansiedade, tragando e arfando ao mesmo tempo, e a mão que segurava o leque tremelicava como as asas de um beija-flor.

Minha mãe interrompeu a dança e me acompanhou à mesa, insistindo para que as visitas ficassem para a ceia. Muitas ficaram. Sem a menor cerimônia, com o gesto mais natural do mundo, ela me colocou na cabeceira, o lugar cativo do meu pai, e avisou a todos que ia trocar a blusa empapada de suor e voltava num minuto. A sua ausência foi breve, mas, ao reaparecer na sala, a pele do seu rosto já não lembrava o marfim banhado de luz, de afago excessivo, sem limite. As pessoas começaram a cochichar e Hindié foi ao encontro da amiga, para tentar evitar o embaraço.

*35*

— Diz que sentiu umas pontadas na cabeça quando entrou no quarto — disse Hindié, ressabiada. — Tua mãe queria desconversar, pois logo se afastou de mim para servir suco de frutas à criançada, e se alguém elogiava um prato ela ditava a receita com uma voz atrapalhada, não te lembras?

Lembro que ela não saiu de perto de mim enquanto eu comia a contragosto. Ela dava a comida na boca de Samara, vigiava meu apetite, beliscava um salgadinho, sem deixar de perguntar a Arminda se tinha notícias dos parentes portugueses, e a dona Sara Benemou quando a sinagoga seria inaugurada e se em Rabat conheciam o tabule e a esfiha com picadinho de carneiro, e a todos os convivas, com um olhar aceso e abrangente, se já sabiam que Dorner estava de volta à cidade.

— Há uns seis ou sete anos morou em Manaus — disse Emilie. — Depois fez uma longa viagem pela selva e andou pelo sul revendo uns parentes.

— Naquele tempo eras solteira — observou Esmeralda.

— Solteira, feliz e infeliz — acrescentou Emilie, procurando com os olhos uma moldura oval na parede branca da sala. — Esse alemão conhecia meu marido e era amigo do Emirzinho.

Emilie ofegava, e sua voz nervosa e trêmula atraiu o interesse de todos pela conversa. Mas ao silêncio que se seguiu, todos olharam para a moldura oval que enquadrava a fotografia de um homem jovem cujo olhar arregalado e sem rumo obrigava o observador a desviar os olhos da moldura e procurar em vão outro objeto fixado na parede da sala, pois na superfície branca não havia nada além da fotografia.

— Outro dia encontrei Dorner na porta do Café Polar — disfarçou Esmeralda. — Fazia festa com os amigos que deixou aqui, e queria saber se conheciam algum nubente ou o aniversariante da semana. Parece que desta vez veio para ficar.

Arminda o considerava generoso e douto, mas cheio de manias, pois colecionava tudo e se interessava por tudo, que nem o Comendador. Além disso, adorava fazer surpresas. Ela remexeu na bolsa, tirou uma fotografia, e então vimos o seu rosto sorridente, pálido e meio assustado no vão da janela, entre vasos com hortênsias.

— Ele me pegou de supetão — disse Arminda, segurando a fotografia.

Emilie se arrependeu de não o ter convidado: o coitado não tinha família aqui, e ia passar o natal sozinho. Mal terminara de dizer que os estrangeiros são sempre bem-vindos, ouvimos as palmas, o boa-noite e o feliz-natal para todos. As crianças riram ao divisarem a figura alta avançar com passos desajeitados entre as vitrinas e se aproximar da sala sem a menor cerimônia. No rosto despelado havia manchas vermelhas, e no punho da mão esquerda enroscava-se a alça de uma caixa que ele segurava com a firmeza e a avidez de um gavião que agarra uma presa. "Tão cedo não morres", exclamou Arminda com um sotaque perfeito do Minho. O visitante cumprimentou um por um, curvando o corpo para beijar a mão das mulheres e espanando com os dedos os cabelos das crianças. Acercando-se de Arminda, colocou junto ao rosto dela a fotografia que ela ainda segurava, desenrolou a alça do punho e com um gesto felino retirou da caixa o *flash* e a câmara. Ouvimos o disparo e logo mergulhamos na cegueira estonteante do lampejo que esbranquiçou tudo ao nosso redor. Quando as pessoas e os objetos reapareceram, as duas Armindas ainda sorriam, impávidas e assustadas. Na semana seguinte, o rapaz mostrou a fotografia do rosto da mulher ao lado da fotografia do rosto da mulher, e então dissipamos uma dúvida antiga: a de que aquele sorriso não era um sorriso e sim um cacoete adquirido na infância, como revelara nossa vizinha Esmeralda a Hindié Conceição.

Não apenas a família poveira, mas todos os vizinhos quiseram saber o que acontecera na noite de natal. Já desconfiavam que meu pai não tinha dormido em casa e continuava sumido sem ter deixado vestígio. A visita inesperada do fotógrafo no meio da noite serviu de consolo a Emilie e evitou um constrangimento maior.

— Sem essa distração — observou Hindié —, tua mãe não teria parado de falar e comer, sempre grudada em ti, expelindo palavras e devorando alimentos para não esmorecer e desmoronar de uma vez, como ocorreu na manhã seguinte. Fui bem cedinho na Parisiense e encontrei o mesmo rebuliço da véspera.

Um batalhão de formigas de fogo, atraído pelo mel dos folheados, dos farelos e das migalhas, invadira as vitrinas; na mesa e nos pratos espalhava-se uma mixórdia de ossos, caroços e cascas de frutas, e nas travessas de porcelana cresciam chumaços de moscas. A paisagem campestre bordada na toalha (um caçador à beira de um córrego procurando um pássaro de branca plumagem e um pavão cuja cauda em leque filtrava a luz solar) estava manchada de nódoas de gordura e respingos de diferentes bebidas. Por ser o único dia de folga de Anastácia, que saía de manhãzinha para visitar uns parentes e só retornava à noitinha, era Emilie que se empenhava na arrumação e limpeza, para que no fim da tarde a Parisiense voltasse a ser moradia e loja, e não um espaço caótico que confunde tanto o freguês quanto o visitante.

— Anastácia estava de saída e não quis me dizer por que a casa estava uma balbúrdia — disse Hindié. — Me confidenciou que em plena madrugada a patroa andava meio atarantada pela casa, às vezes parava diante da porta do quarto das crianças e depois de passar um tempo provocando no banheiro, pediu cola, palito e tesoura à empregada. Estava com as mãos bambas e com o rosto inchado, e antes de se trancar no quarto soprou uma palavrinha no ouvido de Anastácia. Insisti e até implorei para ela me contar o recado de Emilie, mas sabes o que me respondeu? "Nem morta, comadre. A patroa disse que era segredo." Depois me olhou com um ar de abnegação e responsabilidade e concluiu: "Já vou indo porque as horas voam. A senhora pode entrar no quarto, dona Emilie já está de pé". Na verdade, tua mãe não tinha dormido: estava sentada no chão, e logo que me viu deu uma palmadinha no tapete e disse com uma voz rouca: "Levei as crianças para a casa de Esmeralda, onde vão passar o dia. Agora senta e trata de me ajudar, pois trabalho não falta". O quarto estava um pandemônio... — lamentou Hindié.

Ela parou de falar, escondeu o rosto com o leque e recostou-se na cadeira. Permaneceu calada por um momento: para reavivar a memória? tomar fôlego? amainar o rancor que lhe trazia a lembrança daquele dia? E, sem afastar o leque do rosto, passou a enumerar com uma voz carregada de ira e vexame os santos de gesso pulverizados, os de madeira quebrados barbaramente, a Nossa Senhora da Conceição espatifada e o Menino Jesus destroçado. Mas as iluminuras raras e preciosas que Emilie adquirira na península ibérica foram poupadas, bem como o oratório de caoba e a imagem de Nossa Senhora do Líbano; ambos continuavam intactos, alheios à fúria do meu pai durante o crepúsculo e uma parte da noite. O quarto parecia ter sido assolado por um cataclismo, um furacão ou um único grito vindo do Todo-Poderoso. Hindié revelou novamente o rosto e me olhou como se eu fosse um eco, uma reverberação do descontrole paterno, como se o tempo tivesse dado uma guinada para trás e naquele instante ela estivesse compartilhando as lamúrias com Emilie e eu andasse sumido após ter profanado o espaço do quarto. Entretanto, eu não abrira a boca, apenas ruminava. A minha reação ao que ela me contava repousava no meu rosto e no meu olhar, que expressavam surpresa, interesse, dor ou comiseração. Por que ela falava tanto nisso? Não para acusar meu pai, o destruidor das relíquias que nutriam o dia a dia das duas amigas, e sim para redimir-se da atitude expiatória que desafiara a palavra do Profeta. Imaginei-as sentadas no tapete cujo desenho lembra o da Porta do Sepulcro, com suas rosáceas e hélices, com seus círculos, quadrados e triângulos, e um delicado motivo floral, geométrico, dentro de um hexágono inscrito num círculo. Elas não sabiam (talvez só meu pai soubesse) que naquele tapete onde catavam fragmentos de gesso e estilhaços de madeira para reconstruir as estátuas dos santos, a geometria dos desenhos simbolizava a criação, o sol e a lua, a progressão cósmica no tempo e no espaço, o ciclo das revoluções do tempo terrestre, e a eternidade. E que bem no centro do tapete, num meio círculo desbotado pelo contato assíduo de um corpo agachado para orar, havia uma caixa ou um cofre que encerra o Livro da Revelação, representado por um pequeno quadrado amarelo.

Enquanto Hindié contava como as duas colavam lascas e retocavam com pigmentos de caroços e cascas de frutas a manta e as mechas de cabelos das estatuetas, e catavam com olhos de lince as lascas de gesso espalhadas no tapete, eu pensava, com um riso contido, no que acontecera nos dias que sucederam aquela noite natalina. Até então, a religião não causara graves desavenças entre meus pais. Ele encarava com naturalidade e compreensão o fervor religioso de Emilie. Tolerava as festas cristãs, mas se alheava com um desdém perfeito das preces elaboradas por Emilie, fazia vista grossa às imagens e estátuas de santos, e afastava-se do quartinho de costura onde as duas mulheres cortavam e picotavam retângulos de papel vegetal para confeccionar santinhos coloridos que seriam doados às órfãs internas do colégio Nossa Senhora Auxiliadora durante a primeira comunhão.

O dia todo foi dedicado à restauração dos objetos sagrados. No fim da tarde, as estatuetas com manchas de tinta e marcas de fissura voltaram aos pedestais de madeira e aos nichos.

— Já estava exausta — prosseguiu Hindié —, mas tua mãe, como alguém que vive um momento de cegueira ou embriaguez, ainda teve força para arrumar a sala, fumigar as vitrinas e as partes úmidas da casa, e fazer um arranjo de flores para enfeitar uma mesinha coberta por uma toalha verde. Fez quase tudo sozinha e na hora em que Esmeralda trouxe vocês dois eu já não me aguentava em pé: cambaleava, tonta de dor de cabeça por ter forçado a vista e passado quase dez horas sentada no chão. Me despedi de Emilie, e lá fora reconheci de longe o andar do teu pai. Levava debaixo do braço o rádio e o narguilé; atrás dele vinha Anastácia carregando a trouxa e os embrulhos. A empregada se encontrou casualmente com ele? teus pais brigaram durante a noite? Não soube o que aconteceu, pois Emilie não me contou nada e tampouco insisti em tocar no assunto. Mas no natal do ano seguinte, com muita discrição tua mãe pediu para que eu deixasse a matança das aves aos cuidados do teu tio Emílio, esse anjo acautelado que ao pressentir o desastre se ausentou da comemoração natalina.

Hindié nunca soube que Anastácia servira de mediadora na desavença entre meus pais, ou que Emilie a incumbira de en-

*40*

contrar a todo custo o marido e trazê-lo de volta antes do jantar. Durante o tormento da madrugada ela não esquecera de separar para ele uma travessa de comida e uma bandeja de doces, frutas secas e uma cumbuca cheia de compota de goiaba. Ela cochichava à empregada que o rancor de um homem apaixonado se amaina com carinho e quitutes.

— São duas armas poderosas para acalmar o gênio de cão do meu marido — sentenciava.

Soube depois que Anastácia passara o dia em busca do meu pai, até encontrá-lo na Cidade Flutuante, conversando com amigos do interior. Dormira na casa de um compadre que conheceu no rio Purus: uma palafita pintada de rosa e verde, cercada por latas de querosene entulhadas de tajás, açucenas e flores do mato. Estava sentado no meio de uma roda de homens curiosos para ouvir no rádio a voz estranha de uma canção que causava um estardalhaço de risos.

— Quando me viu ficou logo de pé e perguntou por tua mãe — me disse Anastácia.

— E o que respondeste?

— Que desde ontem ela estava esperando ele para o jantar; que o tapete do quarto brilhava como o sol da manhã.


Os dois entraram juntos na Parisiense. Anastácia caminhou depressa para a cozinha, mas Emilie interpelou-a e ordenou:

— Leve o jantar das crianças ao quarto.

A frase nos advertiu que o resto da noite passaríamos no aposento onde dormíamos. Samara não se desgrudava de mim, e olhou de esguelha para meu pai, que contornou as vitrinas e passou como um desconhecido a poucos metros da porta do nosso quarto. Mesmo assim, demos boa-noite ao mesmo tempo, com uma voz mirrada que mal saiu da nossa boca. Emilie respondeu beijando nossos olhos. Estava perfumada como nunca, e ao afagar meus cabelos notei que usava o anel de safira, tão comentado nas conversas sobre as joias do Oriente; os cabelos, presos na nuca por um coque, deixavam reluzir a testa lisa e

*41*

amendoada, que recendia a âmbar. Lembro que não consegui comer a sobra da ceia natalina, e durante boa parte da noite vigiei com as orelhas em pé os movimentos do outro lado da parede. Temia que meu pai, transformado num Antar feroz e indomável, agredisse a mulher que me beijara, que me beijaria todas as noites, no instante que precede o sono. Foi uma noite tensa e longuíssima. Esperava a qualquer momento um revide, algum tipo de vingança, um ruído arrasador de quem demole um muro espesso e sólido. Adormeci com essa sensação incômoda, a minha mão entrelaçada na de Samara, que sempre se deitava com um laçarote de renda preso aos cabelos.

Na manhã seguinte, ao passar pela loja, antes de sair para a escola, reparei que meu pai guardava sigilosamente duas estátuas de santo no armário das grinaldas para noivas. Naquele momento, não liguei coisa com coisa e até pensei que ele fizera isso a pedido de Emilie, para evitar os fungos e o cupim que nos meses de chuva corroem os objetos de madeira e mudam a cor do gesso. De volta da escola, ao meio-dia, a casa estava de cabeça para o ar, e todos se empenhavam na busca das estátuas. Havia um regozijo no rosto do meu pai ao notar a aflição de Emilie, sua fisionomia incontida, e a voz gralhada seguida de punhadas na mesa e nas paredes. Espremia os lábios, bufava sem parar de vociferar, perguntava a Anastácia se algum estranho havia entrado no quarto ou se por acaso ela não levara os santos para limpar. Esperei a hora da sesta para revelar à minha mãe o altar profano das estátuas. Ela quase não acreditou no que viu. Além de cobrir-me de beijos, decidiu regalar-me uma mesada de vinte réis, para que eu pudesse comprar cones de cascalho e outras guloseimas da rua. No outro dia o episódio se repetiu, e assim durante uma semana: de manhã, quando Emilie ia ao mercado, meu pai apoderava-se dos santos e antes do fim da tarde eu os devolvia à minha mãe, que acabou aceitando a brincadeira com humor, mas sem deixar de maquinar um revide. Ela esperou com paciência o mês de junho, e na manhã do vigésimo sétimo dia as portas da Parisiense foram trancadas com ferrolho e cadeado. A casa e a loja se tornaram um cárcere sem luz onde meu pai procurava encontrar às cegas os quatro anjos da Glorificação e as vinte e oito casas lunares onde habitam o alfabeto e o homem na sua plenitude. Embora tivesse trancado a casa toda, isolando-a do mundo, ele não fez o escândalo esperado, nem exortou ninguém a procurar o objeto extraviado. Na verdade, só ele e Anastácia estavam ilhados, porque eu e Samara tínhamos ido à escola; minha mãe, ao voltar do mercado, deparara com as portas trancafiadas e em vão martelava a mãozinha de ferro que servia de aldraba. Logo que me viu, boquiaberto e passivo diante da fachada cega, me enlaçou com os braços e disse com um sorriso de triunfo:

— Esses dias de jejum deixam teu pai desmiolado, querido.

Sem entender a frase, imaginava que alguma coisa estranha ocorria na Parisiense. Para mim, aquela sexta-feira era como outra qualquer, não havia motivos para ficarmos fora da casa, diante de cinco portas lacradas, vendo minha mãe risonha estalar a mãozinha de ferro contra a madeira maciça. Ela nos conduziu à calçada sombreada por uma castanheira, abriu um açafate de palha e ofereceu-nos frutas. Da minha sacola retirou um caderno e um lápis, e começou a escrever, movendo vagarosamente a mão no sentido do percurso solar, semeando entre as pautas negras uma caligrafia dançante, enigmática como os hieróglifos. Escreveu três linhas, arrancou a folha do caderno, dobrou-a e pediu para que eu a enfiasse debaixo da porta. Poucos minutos depois, no vão da porta central que se abriu, apareceu Anastácia Socorro negaceando com a cabeça e fazendo círculos com o indicador junto à orelha direita; o polegar da outra mão apontava para o interior da Parisiense, e esses dois movimentos sincrônicos de um corpo franzino emoldurado pelo vão escuro da porta nos deram um acesso de riso que só cessou quando imergimos na escuridão e escutamos uma voz gravíssima e melodiosa.

— É sinal de que já encontrou... — disse Emilie, bruscamente. Só então soubemos que ela havia escondido o Livro, e que meu pai tinha vedado a casa para que o espaço entrevado impedisse todo ser humano de enxergar algo antes do reaparecimento do Livro.

Enquanto eu ajudava as mulheres a abrir portas e janelas, a voz não cessou de rastrear o espaço. Os que passavam na calçada paravam para ouvir e davam uma olhada para o interior já clareado, sem descobrir a origem do vozeirão. Olhavam para nós com alarde, como se indagassem: quem é o ventríloquo? de qual parede ou caverna vem essa voz? Vinha do quarto aberto, onde um corpo febril há dias em jejum vociferava as preces do último dia. Desde então, cresceu em mim um fascínio, uma curiosidade desmesurada pelas três linhas rabiscadas por Emilie e pela voz de meu pai. Já estava me habituando àquela fala estranha, mas por algum tempo pensei tratar-se de uma linguagem só falada pelos mais idosos; ou seja, pensava que os adultos não falavam como as crianças. Aos poucos me dei conta de que eles gesticulavam mais ao falar naquele idioma, e houve casos em que intuí ideias através dos gestos. Numa noite em que bisbilhotava a conversa, perguntei se conversavam sobre o novo vizinho. Responderam que falavam de mim, da minha curiosidade, do fato de eu querer vagar entre vozes que escutava sem compreender. Nessa noite, ao me acompanhar até o quarto, minha mãe sussurrou que no próximo sábado começaríamos a estudar juntos o "alifebata". Sentada na cama, me confidenciou que sua avó lhe ensinara a ler e escrever, antes mesmo de frequentar a escola. Para comentar a aprendizagem da língua-mãe, me contou sucintamente como falecera Salma, minha bisavó, aos cento e cinco anos de idade. Sem relutância ou assombro, acreditei piamente nas palavras que me acenderam os olhos, enquanto transparecia o abismo celeste no vão da janela, pois daquele precipício sem fim seres alados e iluminados deixaram sua moradia para flutuar junto ao leito da morte.

— São mais de vinte anjos e surgiram entre as criancinhas —, lhe dissera Salma antes de fechar os olhos. E de tanto ela repetir a história de Salma e dos anjos, acabei sonhando com Salma e os anjos.

No dia seguinte, a história e o sonho pulsavam no meu pensamento como as águas de dois rios tempestuosos que se misturam para originar um terceiro. Eu me deixava arrastar por essa torrente indômita, pensando também no desenho da caligrafia que lembrava as marcas das asas de um pássaro que rola num espelho de areia, na voz austera do meu pai, mais lúdica do que lúgubre, voz polida e plácida que tentei imitar assim que aprendi o alfabeto e antes mesmo de pronunciar uma única palavra na língua que, embora familiar, soava como a mais estrangeira das línguas estrangeiras.

Esperei o sábado, ansioso para que evaporassem as horas e os minutos, redobrando a atenção quando meu pai deixava escapar uma frase no outro idioma. No sábado ao meio-dia, antes de sentar à mesa para almoçar, da minha boca jorraram as palavras que ele acabara de falar, que sempre falava antes de cada refeição. Samara lançou um olhar incrédulo para mim e soltou uma gargalhada, logo engasgada pelo silêncio dos pais. Ele me olhou, e aquele olhar, que durou o tempo de um espasmo, fulgurava como o olhar de um recém-nascido ofuscado pelo impacto da primeira explosão de luz.

As primeiras lições foram passeios para desvendar os recantos desabitados da Parisiense, os quartos e cubículos iluminados parcialmente por claraboias: o corpo morto da arquitetura. Sentia medo ao entrar naqueles lugares, e não entendia por que o contato inicial com um idioma inaugurava-se com a visita a espaços recônditos. Depois de abrir as portas e acender a luz de cada quarto, ela apontava para um objeto e soletrava uma palavra que parecia estalar no fundo de sua garganta; as sílabas, de início embaralhadas, logo eram lapidadas para que eu as repetisse várias vezes. Nenhum objeto escapava dessa perquirição nominativa que incluía mercadorias e objetos pessoais: cadinhos de porcelana, almofadas bordadas com arabescos, pequenos recipientes de cristal contendo cânfora e benjoim, alcovas, lustres formados de esferas leitosas de vidro, leques da Espanha, tecidos, e uma coleção de frascos de perfume que do almíscar ao âmbar formava uma caravana de odores que eu aspirava enquanto repetia a palavra correta para nomeá-los. No fim da peregrinação aos quartos e às vitrinas da loja, sentávamos à mesa da sala, e ela escrevia cada palavra, indicando as letras iniciais, centrais e finais do alfabeto. Eu copiava tudo, esforçando-me para escrever da direita

*45*

para a esquerda, desenhando inúmeras vezes cada letra, preenchendo folhas e folhas de papel almaço pautado. No fim da tarde, corria para mostrar ao meu pai as anotações, que ele corrigia, enquanto Emilie desaparecia no quarto contíguo ao seu, onde só ela entrava. Ela ensinava sem qualquer método, ordem ou sequência. Ao longo dessa aprendizagem abalroada eu ia vislumbrando, talvez intuitivamente, o halo do "alifebata", até desvendar a espinha dorsal do novo idioma: as letras lunares e solares, as sutilezas da gramática e da fonética que luziam em cada objeto exposto nas vitrinas ou fisgado da penumbra dos quartos. Passei cinco ou seis anos exercitando esse jogo especular entre pronúncia e ortografia, distinguindo e peneirando sons, domando o movimento da mão para representá-los no papel, como se a ponta do lápis fosse um cinzel sulcando com esmero uma lâmina de mármore que aos poucos se povoava de minúsculos seres contorcidos e espiralados que aspiravam à forma dos caracóis, das goivas e cimitarras, de um seio solitário que a língua ao contato com o dorso dos dentes e ajudada por um espasmo fazia jorrar dos lábios entreabertos um peixe Fenício.

Desde pequeno convivi com um idioma na escola e nas ruas da cidade, e com um outro na Parisiense. E às vezes tinha a impressão de viver vidas distintas. Sabia que tinha sido eleito o interlocutor número um entre os filhos de Emilie: por ter vindo ao mundo antes que os outros? por encontrar-me ainda muito próximo às suas lembranças, ao seu mundo ancestral onde tudo ou quase tudo girava ao redor de Trípoli, das montanhas, dos cedros, das figueiras e parreiras, dos carneiros, Junieh e Ebrin? Mas isso não me sacudia o pensamento, me intrigava antes sua caminhada solitária quando nos despedíamos após as lições. Sem deixar vestígios, ela desaparecia naquele aposento que sempre me interessou pelo simples fato de ter sido um espaço inviolável, inacessível até mesmo ao meu pai, que fazia vista grossa sempre que Emilie entrava e saía do esconderijo carregada de badulaques, de papéis repletos de palavras e expressões que havíamos mastigado durante a tarde dos sábados. Só quando mudamos para a casa nova (o sobrado), o santuário de segredos desmoronou. Mudar de casa traz revelações, deixa mistérios, e na passagem de um espaço a outro, algo se desvenda e até mesmo o conteúdo de um pergaminho secreto pode tornar-se público. Os objetos do esconderijo da Parisiense ela arrumou no baú lacrado que carregou sozinha, caminhando ao longo dos dois quarteirões que separam as duas casas. Eu a seguia de longe. Nas pausas que ela fazia para recobrar forças, me escondia atrás do tronco de uma mangueira. Ela nunca me perdoaria se me enxergasse pertinho dela, vigiando seus passos, cuidando para que ela não tropeçasse e tombasse com o seu mundo guardado no baú. Ao entrar na casa nova, fiquei matutando: onde minha mãe teria enfronhado o volume pesado, repleto de pertences inacessíveis, de antigos segredos?

Numa manhã em que Emilie se ausentara para ir ao mercado, comecei a vasculhar o quarto dos pais. Àquela época eu devia ter menos de vinte anos e lembro que a casa era realmente imensa. Éramos então quatro irmãos, e o amplo espaço do sobrado acomodou a família, que, bem ou mal, foi acolhendo os pequeninos que chegaram num intervalo de seis anos: tu, o teu irmão e Soraya Ângela. Ali no quarto dos pais, revirei tudo de cabeça para baixo, remexendo nos lugares onde a gente sempre pensa encontrar uma chave: nas frestas das janelas, dentro dos móveis, debaixo dos tacos soltos, dos travesseiros e do colchão onde eles dormiriam juntos algumas décadas. Foi uma busca meticulosa que durou várias manhãs daquele mês de agosto. Hoje, parece a manhã do século passado. A busca só tornou-se frutífera quando, beirando a impaciência, comecei a chacoalhar e entornar alguns objetos, como o pedaço de cedro do Líbano formado pela secção de um cone. A parte abaulada estava coberta pela casca da árvore e a inclinada seria totalmente lisa se não existisse um minúsculo cedro em relevo, pouco maior que um olho humano. Mais tarde compreendi por que Emilie prolonga-

*47*

va sua sesta imersa na rede e sempre com o olhar nostálgico no console onde repousava o pedaço de madeira; descobri então que a árvore em miniatura era a abertura de um objeto que eu julgava inteiramente maciço. No coração do cedro, tal uma fenda na madeira, um par de chaves se incrustava. Uma das chaves abriu o armário mastodonte, e as portas abertas revelaram-me, pela primeira vez, o mundo íntimo de Emilie. Lembro muito bem que fiquei encabulado e fascinado diante de tantos objetos ausentes nos aposentos da Parisiense; mas a vexação e o desvario quase sempre tomam conta de alguém que se depara com a intimidade do outro.

O interior do móvel encerrava uma indumentária luxuriante, costurada com brocados magníficos. Confinada num recanto escuro, abandonada e em desuso, a vestimenta parecia aludir a um corpo vivido em outro tempo, caminhando sobre outro solo e desafiando as estações de uma região longínqua; imaginava como teria sido o corpo de Emilie coberto com aquela vestimenta exótica, que eu divisava parcialmente no canto sombrio do armário; imaginava cenas esparsas de sua adolescência, como hoje imagino as minhas incursões sucessivas ao interior do armário, à procura de um objeto, de palavras. Esta visita repetiu-se por várias manhãs, porque, ao abrir o baú, detinha-me diante da visão do relógio deitado, a ocupar quase toda a superfície forrada de veludo também negro, tal um barco cravado e esquecido no fundo do oceano. Enxergava, através da tampa de vidro, as cartas de que me falara Hindié; e violar aquela correspondência guardada dentro do relógio implicava penetrar num tempo longe do presente. Brincava, talvez sem saber, com esse jogo delicado e insensato que consiste em desvendar o passado de alguém, percorrendo zonas desconhecidas do tempo e do espaço: Trípoli, 1898; Ebrin, 1917; Beirute, 1920; Chipre, Trieste, Marselha, Recife e Manaus, 1924. Eram datas e lugares citados esparsamente por Hindié, e eu queria associá-los à vida de Emilie, descobrir os eventos guardados no ventre daquela caixa escura. Numa manhã já distante da que eu descobrira as chaves, depois de tantas vezes adiar o gesto de girar a chave menor, de

*48*

polir com o olhar a superfície plana e vítrea, tateando com os olhos os ângulos de penumbra, decidi abrir a tampa de cristal, penetrar no fosso do relógio deitado, onde o disco dos ponteiros, os números, o pêndulo, tudo estava coberto por objetos. Vi primeiramente as duas pulseiras de ouro, argolas delgadas, entrelaçadas por nós quase invisíveis; a bem dizer, não eram nós ou junções que faziam das duas argolas uma só; para mim, era uma espécie de entrelaçamento mágico, uma inexplicável articulação que, ao ser manuseada, provoca curiosidade e espanto. Em algum dia do passado, tu deves ter reparado no bracelete enroscado no antebraço de Emilie, como uma tatuagem dourada; na verdade, eram quatro argolas unidas por não sei o quê. Nas outras incursões que fiz ao baú — para reler uma carta —, encontrei outro par de pulseiras, como um novo anel que surge no corpo de uma serpente. Demorou algum tempo para que eu relacionasse o número de pulseiras aos filhos de Emilie. Nunca descobri de onde surgiram essas argolas delgadas que se reproduziam secretamente no leito do relógio. Nenhuma menção sobre elas encontrei nas cartas, e várias vezes me contive para não indagar a Emilie a origem do bracelete; essa renúncia definitiva me convenceu de uma vez por todas que há segredos poderosos ou enigmas indecifráveis que certas pessoas levam dentro de si até a morte. Quando meu irmão caçula nasceu, as quatro pulseiras passaram a pertencer ao corpo de Emilie. Nessa época eu já havia vasculhado os recantos do baú e do relógio ali encerrado: vi o hábito branco salpicado de bolor, de manchas amarelas e de nódoas de umidade, os sinais do abandono. Jamais ousei tocar naquela túnica de linho nem na auréola plissada, esta repousada sobre aquela, e ambas dobradas com cuidado, como a sombra de um rosto e o contorno de um corpo amparados pelo disco do relógio. Estavam intactas há muito tempo, pois além das manchas e do mofo, uma infinidade de fios formava uma teia compacta e espessa, que certamente crescia a cada dia; estes sinais de permanência e desuso, de distância e segredo, talvez me tivessem impedido de remexer nos panos que Emilie vestira por tão pouco tempo em Ebrin. Essa passagem de sua vida bem como outras disseminadas entre o Líbano e Manaus, consegui ordená-las graças às cartas empilhadas sob o disco do pêndulo, nos confins da caixa de madeira.

A leitura da caligrafia minúscula foi um trabalho maçante para mim. Escrita em árabe clássico, e sempre assinada por V. B., a correspondência atravessava anos e anos, às vezes interrompida em intervalos de meses. Nessas zonas de silêncio, eu perdia o fio da meada e enfrentava dificuldades com a escrita, saltando frases inteiras e vituperando contra os vocábulos, como um leitor encurralado por signos indecifráveis. A descontinuidade da correspondência e a incompreensão de tantas frases me permitiam apenas tatear zonas opacas de um monólogo, ou nem isso: uma meia-voz, uma escrita embaçada, que produzia um leitor hesitante. As passagens mais obscuras das cartas foram decifradas com o auxílio da intuição: um recurso possível para sair do impasse da leitura pontilhada de titubeios, sem o auxílio de um dicionário, embora folheasse a torto e a direito os cadernos de anotações que Emilie guardara junto às cartas; entre as anotações, constatei que havia várias referências aos nossos encontros dos sábados, e espantou-me saber que o vocabulário compilado era vasto. Encontrei também algumas orações em francês, e eram tantas as Ave-Marias que imaginei Emilie escrevendo ladainhas quando não podia rezar nas noites de desespero. Quantas vezes eu a surpreendi entoando cânticos, com a palma das mãos repousadas no peito e os olhos saltando de uma bíblia à outra; creio que por isso não lhe foi difícil aprender os salmos em português, embora ela contraísse o rosto quando a travessia de um idioma ao outro soava estranha e infiel, como se alguns salmos e parábolas esbarrassem em pedras, tornando-se prolixos ou sem sentido. Este assunto deve ter sido relevante para Emilie porque V. B. o mencionou em diversas cartas e transcreveu uma passagem da bíblia em francês, pedindo à amiga a tradução portuguesa. Na visita que fiz ao túmulo de Emir, pude ler a mesma citação nos dois idiomas. As letras estavam gravadas na lápide, sob a fotografia de um corpo jovem.

O nome de Emir quase nunca era mencionado nas horas das

refeições ou nas conversas animadas por baforadas de narguilé, goles de áraque e lances de gamão. Os filhos de Emilie éramos proibidos de participar dessas reuniões que varavam a noite e terminavam no pátio da fonte, aclarado por uma luz azulada. Era um momento em que os assuntos, já peneirados, esgotados e fartos de serem repetidos, davam lugar a confidências e lamúrias, abafadas às vezes pela linguagem dos pássaros, e entremeadas por exclamações e vozes que pronunciavam o nome de Deus. Era como se a manhã — como uma intrusa que silencia as vozes calorosas da noite — dispersasse o ambiente festivo, arrefecendo os gestos dos mais exaltados, chamando-os ao ofício que se inicia com a aurora. Mas, em algumas reuniões de sextas-feiras, o prenúncio da manhã não os dispersava. Eu acordava com berros dilacerantes, gemidos terríveis, ruídos de trote e uma algazarra de alimárias que assistiam à agonia dos carneiros que possuíam nomes e eram alimentados pelas mãos de Emilie. Corria até o quarto dos pais e, através das frestas dos janelões, via o sangue esguichar do pescoço do animal, cobrir-lhe os olhos ainda abertos, penetrar-lhe nos pelos alvos e cacheados. Naquele corpo agonizante, alastrava-se uma cor indecisa que lembrava uma mancha crepuscular no meio do pátio exposto à manhã nascente. Esperava-se o sangue escorrer até a última gota, para então cortar, esquartejar e destrinchar o animal. Com as mãos, Emilie arrancava-lhe as vísceras, arrumando sobre uma placa de cedro o que seria aproveitado, e atirando aos animais as partes rejeitadas pelo homem. E enquanto um vórtice se formava ao seu redor — aves, quadrúpedes e símios disputando as entranhas do carneiro — ela lavava e limpava o fígado, e o temperava com sal, pimenta-do-reino e hortelã. Os tabuleiros de gamão eram retirados da mesa e algum jogador lembrava que o próximo lance de dados lhe pertencia.

Emilie ajudava Anastácia Socorro a trazer os pães de massa folheada, dobrados como se fossem lenços de seda, e uma cesta com figos-da-índia, jenipapos, biribás, abacaxis e melancias; e numa cumbuca de barro cozido, entre papoulas colhidas do jardim, havia cachos de pitomba, réstias de maracujá do mato e outras frutas azedíssimas, que em contato com a língua provocavam calafrios no corpo e crispações no rosto. Mas o rosto de Anastácia Socorro se crispava por outra razão: depois de arrumar a mesa, ela se refugiava numa das alfurjas da casa, para não presenciar a cena da comilança. No centro de um pátio iluminado pelo sol equatorial, homens e mulheres repetiam o hábito gastronômico milenar de comer com as mãos o fígado cru de carneiro. Não era a um ritual bárbaro ou ao sacrifício de um animal que eu assistia do quarto dos pais, mas sim a uma novidade assombrosa, a uma festa exótica que tanto contrastava com o ritmo habitual da casa.

Havia extravagância e prazer nos gestos para saciar a bulimia. Na entrega deliberada às carnes do animal, contrariando a assepsia do dia a dia, as mãos levavam à boca um pedaço de fígado fresco, e o pão circulava de mão em mão, despedaçado por dedos lambuzados de azeite e zátar. Havia quem cantasse a última canção na moda no Cairo, quem recitasse um poema místico ou uma fábula de Attar, ou evocasse o Canto da Rosa, do Cravo, da Anêmona e concluía, ao citar o canto do Jasmim, que o desespero é um erro. Elogiavam-se os temperos, os doces de semolina com nozes e mel, e a compota de pétalas de rosa, que todos aspiravam demoradamente antes de provar. Alguns, temendo não ser convidados para o jantar do sábado — quando seria preparado o pernil de carneiro assado com tâmaras — esperavam ansiosos o momento da despedida, para que meu pai citasse a frase em que Deus permitia abrir-lhes as portas da casa para a ceia de amanhã.

Essas reuniões continuaram na casa nova, mas foi na Parisiense que me deparei com sua existência. A conversa era exclusivamente em árabe, salvo os cumprimentos de algum transeunte conhecido, ou a visita de um ou outro vizinho, alguns deles estrangeiros, como a família do poveiro Américo, os Benemou, do Marrocos, e Gustav Dorner, o rapaz de Hamburgo; todos amicíssimos de Emilie, e o último, além de amigo, tornou-se meu confidente.

Foi através de Dorner que conheci a primeira biblioteca da

minha vida. Era formada por oito paredes de livros, que felizmente só conheci anos mais tarde, pois caso contrário teria me inibido para sempre o hábito da leitura que então adquiria. Sua voz era tão grave quanto seu nome, e falava um português rebuscado, quase sem sotaque e que deixava um nativo desconcertado, a ponto de só não o confundir com um amazonense por causa do aspecto físico: era mais alto e mais loiro que todos os alemães da cidade, e se vestia de um modo bastante peculiar para a época; trajava uma bermuda que ia até os joelhos, uma camisa branca sem colarinho, e calçava sapatos de cromo, sem cadarço e sem meia. Atada num cinturão de couro, pendia de sua cintura uma caixa preta; os que a viam de longe pensavam tratar-se de um coldre ou cantil, e ficavam impressionados com a sua destreza ao sacar da caixa a Hasselblad e correr atrás de uma cena nas ruas, dentro das casas e igrejas, no porto, nas praças e no meio do rio. Possuía, além disso, uma memória invejável: todo um passado convivido com as pessoas da cidade e do seu país pulsava através da fala caudalosa de uma voz troante, açoitando o silêncio do quarteirão inteiro. Mas a memória era também evocada por meio de imagens; ele se dizia um perseguidor implacável de "instantes fulgurantes da natureza humana e de paisagens singulares da natureza amazônica". Há tempos ele se dedicava à elaboração de um "acervo de surpresas da vida": retratos de um solitário, de um mendigo, de um pescador, de índios que moravam perto daqui, de pássaros, flores e multidões.

Tu e teu irmão conheceram Dorner. Não sei se naquele tempo foste aluna dele, mas sabes o quanto era distraído. Às vezes pensava que a sua distração era uma maneira de se esquivar das pessoas e da realidade que o cercavam; tudo o que ele enxergava era enquadrado no visor da câmera; dizia-lhe, troçando, que as lentes da Hassel, dos óculos e as pupilas azuladas dos seus olhos formavam um único sistema ótico. Ele nunca se irritava com essas comparações um tanto aberrantes; respondia-me que ao olhar para a Hassel via seu próprio rosto. E em certas noites calorentas, ao regressar de uma caminhada pela cidade deserta, deparava-se com o seu outro rosto iluminado e embutido num cubo de vidro, onde a Hassel repousava durante a noite, madrugando no morno de uma lâmpada, calor-artifício para afugentar fungos, preservar a nitidez da lente, e para que o olhar através do visor fosse límpido: triunfo da transparência.

Dorner fotografou Emir no centro do coreto da praça da Polícia. Foi a última foto de Emir, um pouco antes de sua caminhada solitária que terminaria no cais do porto e no fundo do rio. A história desse retrato me contou o próprio Dorner, anos depois, com palavras medidas para não revelar um fato atroz que eu já havia intuído ao ler as cartas de Virginie Boulad. A foto contava o que Dorner não me pôde dizer: o rosto tenso de um corpo que caminhava em círculo ou sem rumo; uma das mãos de Emir desaparecia no bolso da calça, e a outra mão acariciava uma orquídea tão rara que Dorner nem atinou ao desespero do amigo.

Num dos nossos últimos encontros, Dorner relembrou aquela manhã, e me mostrou alguns cadernos com anotações que transcreviam conversas com meu pai."

# 3

"NAQUELA ÉPOCA EU GANHAVA A VIDA com uma Hasselblad e sabia manejar uma filmadora Pathé. Fotografava Deus e o mundo nesta cidade corroída pela solidão e decadência. Muitas pessoas queriam ser fotografadas, como se o tempo, suspenso, tivesse criado um pequeno mundo de fantasmagoria, um mundo de imagens, desencantado, abrigando famílias inteiras que passavam diante da câmera, reunidas nos jardins dos casarões ou no convés dos transatlânticos que atracavam no porto de Manaus.

Na manhã em que avistei Emir no coreto da praça, eu me encaminhava para a moradia de uma dessas famílias que no início do século eram capazes de alterar o humor e o destino de quase toda a população urbana e interiorana, porque controlavam a navegação fluvial e o comércio de alimentos. Eu devia fazer um álbum de retratos dessa família e, ainda de manhã, revelar e ampliar os filmes que documentavam uma das minhas viagens às cachoeiras do rio Branco, onde coletei amostras de flores preciosas, mas não tão raras quanto a orquídea que Emir ostentava na mão esquerda. Me impressionou a cor da orquídea, de um vermelho excessivo, roxeado, quase violáceo. Observava a flor entre os dedos de Emir, e talvez por isso tenha me escapado sua expressão estranha, o olhar de quem não reconhece mais ninguém. Lembro que o convidei para almoçar no restaurante francês; ele apenas emitiu um som apagado, palavras enigmáticas que eu interpretei como uma recusa ao convite; mas percebi que ele queria se desvencilhar de mim e do mundo todo, que a orquídea a brotar de sua mão era o motivo maior de sua existência.

Enquanto fazia as fotos da família Ahler, eu pensava nas conversas que tivera com Emir, ele falava uma algaravia, era difícil compreendê-lo; me sentia diante de um narrador oral do norte da África, ele tinha esse dom de narrar e convencer com a voz o interlocutor, com a voz, não exatamente com as palavras, porque muitas frases eram incompreensíveis. Também não entendia o passeante solitário que de manhãzinha deixava o hotel Fenícia, acordava um catraieiro na beira do mercado, e na canoa os dois remavam até a outra margem do igarapé dos Educandos; depois ele continuava a pé, alcançava o centro da cidade, e eu o seguia pelas ruas estreitas, alinhadas por sobrados em ruínas. Não, Emir não era como os outros imigrantes, não se embrenhava no interior enfrentando as feras e padecendo as febres, não se entregava ao vaivém incessante entre Manaus e a teia de rios, não havia nele a sanha e a determinação dos que desembarcam jovens e pobres para no fim de uma vida atormentada ostentarem um império. Emir se esquivava de tudo, ele tinha um olhar meio perdido, de alguém que conversa contigo, te olha no rosto, mas é o olhar de uma pessoa ausente. Além disso, aqueles passeios me intrigavam, caminhar pelas ruas das pensões baratas, do hotel dos Viajantes, caminhar sem parar, sem ver ninguém, apenas desafiar o silêncio do fim da madrugada ou se assustar com um grito, uma gargalhada ou um facho de luz que de repente explode na janela de um quarto. A vida de Emir parecia se reduzir a esses passeios matinais: depois da travessia do igarapé, a caminhada até a praça Dom Pedro II, a rua dos grandes armazéns, a visão dos mastros, das quilhas e das altas chaminés, o apito grave do Hildebrand, que trazia passageiros de Liverpool, Leixões e das ilhas da Madeira, talvez Emir soubesse o destino do navio: Nova York, Los Angeles, alguma cidade portuária do outro hemisfério, nostalgia do além-mar. A família Ahler passava pelo visor da câmera, todos se abraçavam em volta de uma estátua encardida, mas eu relembrava o rosto de Emir, a orquídea equilibrada entre os dedos, o anel que um dia ele me mostrou com orgulho, era um regalo: memória de um amor em Marselha.

No laboratório não consegui fazer muita coisa, não enxergava as imagens das cachoeiras, dos índios, das plantas raras.

Um sentimento esquisito tomava conta de mim, como se eu estivesse impressionado por um presságio, um indício de um acontecimento adverso. Saí com a câmera a tiracolo, e já começava a chuviscar quando cheguei no restaurante francês. Percebi um zum-zum inusitado dos transeuntes aglomerados sob as marquises, depois ouvi o fragor das sinetas dos bombeiros cortando o silêncio do meio-dia. Havia um pequeno tumulto no restaurante, sentei na única mesa desocupada e logo saí, estabanado, sem saber se andava apressado ou se corria, mas uma intuição me conduziu ao lugar onde encontrara Emir. O chuvisco e a hora da sesta contribuíam para que a praça estivesse deserta. Me lembrei, então, que ao lado das sentinelas de bronze fincadas na calçada do quartel estava o par de sentinelas humanas, como se fossem sombras tímidas e amiudadas dos gigantes de metal. Hesitei alguns segundos antes de perguntar a um dos homens se, por acaso, tinha avistado Emir; eu temia perder tempo, mas mesmo assim, atravessei a praça e fiz a pergunta, quase gritando. Perdi três minutos entre a travessia da praça e o breve diálogo com a sentinela. Ao ouvir a resposta do soldado, parecia que tudo estava decidido: um rapaz vestido de branco? conversava com uma flor, saiu do coreto andando devagar e desapareceu.

O soldado apontou a direção que ele seguira, e, quando avistei o porto, uma parte do cais flutuante estava apinhada de gente. Mesmo de longe foi possível divisar os mergulhadores: duas figuras negras, como se pairassem na atmosfera embaçada pelo chuvisco. A notícia se espalhou como uma epidemia e as versões comentadas eram tantas e tão desencontradas que Emilie chorou e riu várias vezes. Isso porque os dois vigias da Capitania dos Portos emitiam opiniões divergentes a respeito do homem tragado pelas águas do Negro. Nenhum dos dois o viu ultrapassar o portão principal; alegavam que ele bem poderia ter rodeado o edifício da Alfândega e alcançado o trapiche sem ser visto. Um dos vigias afirmou, resoluto, que um rapaz vestido de branco se encontrava perto da beira do atracadouro.

— Não movia uma palha e estava tão juntinho da água que parecia uma estátua de mármore flutuando no rio — disse no meio de uma roda de curiosos. Mas o outro contestou essa afirmação, admitiu que ambos estavam exaustos e famintos, com o estômago em alvoroço e os olhos quase fechados.

— É uma hora ingrata — lamentou-se o homem. — Ainda mais com este chuvisco e o sol ralado; o olhar não se decide por nada.

Eu contemplava o espelho d'água, quebradiço por agulhadas do chuvisco, quando ouvi a última frase do vigia: o olhar não se decide por nada. Percebi, então, que esquecera a Hasselblad no restaurante, e a apreensão do esquecimento se mesclou à certeza de que Emir não seria encontrado com vida. Até aquele instante eu me esforçava para acreditar nos rumores, e tinha os ouvidos aguçados para não deixar escapar cada versão que tentava reconstruir o itinerário do meu amigo. Observava, com indiferença, as imersões sucessivas dos homens-rãs, pois a chispa de esperança se dissipou quando me dei conta da ausência da câmera. Até Emilie e o teu tio Emílio notaram o meu assombro. Senti no rosto um vazio, como se tivessem vendado meus olhos, uma sensação de inconsciência do corpo, algo parecido a uma vertigem seguida de uma cegueira súbita. Depois escutei Emilie dizer alguma coisa com esforço; ela repetia "o quê? o quê? aonde?" e as palavras soavam como marteladas ou advertências formadas de repetições: a mesma entonação de voz e as mesmas palavras que fatalmente iriam explodir em estilhaços de sons. Sem olhar para ninguém, com as mãos coladas nos ouvidos e a cabeça jogada para trás, ela desatou a falar e de repente o anel humano que cercava os dois vigias se desfez e os olhares se concentraram nela. Os curiosos que tagarelavam passaram a sussurrar e calaram de vez, pois Emilie soltou um berro incompreensível a todos, exceto ao irmão, que tentou imobilizá-la com os braços; mas o gesto desencadeou uma série de contorções e os corpos pareciam lutar contra algo exterior a eles. Permaneceram assim por alguns segundos. Depois Emilie curvou o corpo para conter os movimentos, e estacou na posição de um caramujo, quase deitada na plataforma metálica.

O primeiro apito reverberou, fraco, quase imperceptível; os

que estavam junto de Emilie não o escutaram por causa dos gemidos. Olhei para a beira do cais e reparei nos homens-rãs: os rostos visíveis através do vidro da máscara negra, o braço apontando para o horizonte; e, então, aquele som que soara suavemente, como o som de uma flauta, parecia vir de uma silhueta esbranquiçada, sem contorno definido, quase colada à linha da selva, mergulhando de vez em quando nos raios solares, sumindo nas brumas do chuvisco e reaparecendo como um corpo luminoso, alvo, talvez estático, ou se movendo tão lentamente que era impossível saber se vinha em nossa direção ou se distanciava do porto. Vista de longe, envolta de luz e água, a silhueta se assemelhava a um quadro vivo, uma pintura ligeiramente móvel: o horizonte aquático, brumoso e ensolarado ao mesmo tempo, e a cintilação de uma lâmina branca e encurvada, como um arco de luz entre o céu e a água.

Aquela aparição no horizonte passara despercebida para quem estava ao meu redor. Emilie e o irmão permaneciam encasulados, um corpo encobrindo o outro, a cada instante se ouvia um murmúrio rompendo o silêncio, enquanto as pessoas olhavam perplexas para os dois corpos que faziam esquecer o afogado, a busca, o motivo de estarmos ali. Eu já me afastava do cais, caminhando sobre a passarela flutuante, quando escutei o apito, mais nítido, como se o som, estranho à silhueta branca, tivesse saído das brumas: um assobio do espaço.

No percurso entre o porto e o restaurante tive que evitar algumas pessoas que já sabiam da notícia. É assim a vida na província: um amigo teu desaparece, e logo uma atmosfera mórbida toma conta da cidade; surgem, primeiro, as indagações indiscretas; depois, as insinuações perversas e delirantes sobre a vida da vítima, quando ainda não acreditamos na perda do amigo, e o nosso sentimento oscila entre a esperança da sobrevivência e a nostalgia que já se configura, até se tornar uma comunicação secreta, uma conversa silenciosa com o passado. Não sem um certo arrependimento, eu pensava: por que não levara Emir para a casa dos Ahler? por que fotografá-lo com a orquídea na mão e deixá-lo vagar, atordoado, a um passo do desastre? aquelas imagens de Emir, ainda vivas na minha memória, estavam registradas no filme da câmera que eu esquecera no La Ville de Paris. O dono do restaurante tinha guardado a Hasselblad e me esperava ansioso. Com uma cara de espanto e uma voz de matraca ele disparou uma chuva de perguntas, embaralhando várias hipóteses, mencionando um naufrágio, uma explosão, cenas de um desastre. Ele falava e perguntava ao mesmo tempo, mas tudo ficou no ar porque desatei a responder na minha língua materna. Só percebi que falava em alemão quando o marselhês me pegou pelo braço e berrou: o senhor está falando sozinho. Ele tinha razão; pela primeira vez falava na minha língua comigo mesmo. Um procedimento similar só aconteceria nas noites seguintes, em sonhos esparsos e temíveis. Um susto me despertava no meio da noite, uma noite que passaria em claro, atazanado, fustigado não pela fuga de imagens, mas por diálogos indecifráveis, perdidos para sempre. Nos sonhos, eu e Emir aparecíamos à beira do cais, cujo limite era a espessa cortina do chuvisco num momento do dia marcado pelo silêncio. O que dizíamos um ao outro não delineava exatamente uma conversa e sim um amálgama de enigmas, de vozes refratárias, pois recorríamos à nossa língua materna, que para o outro nada mais era senão sons sem sentido, palavras que passam por um prisma invisível, melodia pura tragada pelo vento morno, sons lançados na atmosfera e engolfados pela bruma: o chuvisco incessante, nos sonhos. E nessa tentativa desesperada de compreender o outro, como compreender a si mesmo? a angústia da incompreensão me despertava em sobressaltos, e o resto da noite se arrastava, pesada e lenta, enquanto eu precipitava frases do sonho para recompor diálogos, rememorar sons. Ao fim de duas semanas do desaparecimento de Emir, os sonhos rarearam e o último coincidiu com a notícia de que haviam encontrado o corpo dele no fundo de um igarapé onde há pouco tempo os namorados passeavam em pequenas embarcações ou canoas cobertas com um toldo branco para arrefecer o calor. Quem encontrou o corpo foi Lobato, um índio que teu pai conhecera antes de se casar com Emilie. Teu pai não era esquivo aos da terra, mas sempre foi imbuído de uma indiferença glacial para com todos, inclusive os filhos, como tu deves saber. Interessava-lhe conferir mercadorias, lustrar vitrinas e sobretudo orar em alguma caverna de Hira, nos confins da casa ou da loja. Ele se encontrou com Emilie pela primeira vez no dia em que o corpo de Emir foi localizado. Ao circular a notícia, Emilie refutou como pôde a ideia de que o cadáver era o do irmão. Durante dois dias ela questionou com relutância o parecer de um médico-legista, indignada com o método utilizado para identificar o corpo.

— Os médicos daqui mal conseguem diagnosticar os vivos, como podem identificar uma pessoa, examinando a arcada dentária de um esqueleto? — indagava Emilie, inconformada, antes mesmo de ver o corpo.

Na verdade, o inconformismo da tua mãe era descabido e quase absurdo, pois a altura e os despojos do cadáver evidenciavam certos traços inconfundíveis do irmão dela. Nada disso a convenceu, ainda mais quando leu na imprensa a opinião de um jornalista: o corpo podia ser mais um dos tantos combatentes que tombaram na sangrenta escaramuça de 1910, entre forças do governo e federalistas.

"A cada ano, nessa época de vazante, boia um cadáver que acende o ânimo da opinião pública", lia-se no *Jornal do Comércio*. A publicação desse artigo fantasioso já começava a fomentar dúvidas quando teu pai apareceu com uma prova irrefutável que dissipou todas as especulações em torno da identidade da vítima e, de certo modo, selou o destino afetivo de Emilie. Lembro perfeitamente a expressão sisuda gravada no rosto dele, o corpo alto, magro, um pouco corcunda, e as mãos espalmadas e imensas. Ele entrou na casa onde Emilie morava com o outro irmão, apresentou-se em árabe e em português, e não quis sentar porque estava com pressa. Eu e as outras visitas deixamos os dois à vontade. Creio que ninguém imaginava o que ele ia dizer. Ele retirou da algibeira uma caixinha, colocou-a na palma da mão direita e a ofereceu a Emilie. E no instante mesmo em que abriu a boca para falar, Emilie cobriu o rosto com as mãos e balbuciou umas palavras que não entendi, como também não entendi as poucas palavras pronunciadas por teu pai, com uma voz grave que ele conservaria até a morte.

Casaram poucos meses após o enterro de Emir. Seria inútil dizer que teu pai não acompanhou o féretro, como não o faria alguns anos depois, com a morte dos teus avós, acontecida longe daqui, à beira-mar. Nessa época eu me ausentara da cidade, mas soube que ambos deixaram este mundo quando ainda eras chichuta; deves ter estranhado, pois ficaste algumas semanas sem Emilie. Teu pai se recusou a viajar para Recife, a fim de não deixar a Parisiense na mão de estranhos, mas permitiu que a esposa embarcasse num transatlântico para ir visitar o túmulo dos pais, que tinham falecido no mesmo dia. Emílio foi junto com ela. Em Manaus, um sempre fazia companhia ao outro nas idas ao cemitério e à igreja. Nunca me perguntaram se eu era religioso, mas talvez condenassem secretamente este estrangeiro que vivia no mato entre os índios, que nunca entrara numa igreja, e no entanto podia rezar uma Ave-Maria em nhengatu.

Emilie e o marido praticavam a religião com fervor. Antes do casamento haviam feito um pacto para respeitar a religião do outro, cabendo aos filhos optarem por uma das duas ou por nenhuma.

— Basta olhar para o templo que abriga os fiéis de cada religião para se ter uma ideia de como uma difere da outra — disse teu pai, ao explicar a árvore genealógica da família do Profeta, numa das nossas conversas de fim de tarde na Parisiense. Foi difícil arrancá-lo do mutismo, pois sempre fora fiel a uma vida reclusa, até mesmo nas reuniões noturnas com os patrícios e vizinhos lá no pátio dos fundos, onde todos tagarelavam, enquanto teu pai, absorto, talvez pensasse na imensa infelicidade dos que não conseguem ficar sozinhos. Anfitrião mudo, asceta mesmo cercado por pessoas, ele teria preferido se evadir no quarto, compactuar com o silêncio das paredes brancas, e, com o livro em punho, acompanhar a deposição de um sultão que reinava numa cidade andaluz, seguir seus passos através dos sete aposentos de um castelo indevassável, até tocar na parede do último aposento, onde estava lavrado o destino sinistro do invasor.

Entregava-se a essas leituras quase sempre sozinho, embora tolerasse a presença de alguém que se avizinhava dele nos momentos em que a loja estava deserta; as suas mãos repousadas nas páginas de um livro refletiam na lâmina de cristal da vitrina. Tal um intruso discreto, eu fingia admirar os tecidos que ele mesmo havia escolhido nas viagens que empreendia aos portos do litoral sulino. Quem o visse ali, atrás do balcão maciço, com o olhar concentrado nas páginas de um livro espesso, bem podia supor que entre aquele homem e as vitrinas existia um abismo. E um abismo também o separava dos desconhecidos; com estes, ele se portava de uma maneira silenciosa ou lacônica. Comigo, era mais indulgente, talvez por eu conhecer Emilie e ter sido amigo de Emir, ou presenciar, de longe, a sua solidão.

Um dia em que o encontrei zanzando entre as vitrinas, tive a impressão de que algo lhe agitava a solidão; mesmo assim, me cumprimentou com um sorriso, ao mesmo tempo que desenrolava com as duas mãos um mapa cartográfico da bacia amazônica. Indaguei-lhe, sem mais nem menos, se andava em busca do Paraíso, de algum paraíso terrestre.

— Não é uma pergunta que se faz a um simples sirgueiro — contestou com a placidez de sempre; e, caminhando até o balcão, acrescentou: — O paraíso neste mundo se encontra no dorso dos alazães, nas páginas de alguns livros e entre os seios de uma mulher.

Aproveitei sua disposição para uma conversa (pois não poucas vezes ele sentenciou que o silêncio é mais belo e consistente que muitas palavras), e tentei sondar algo do seu passado. Por um momento ele calou, sem deixar de percorrer com os dedos a quase infinita malha de rios, que trai o rigor dos cartógrafos e incita os homens à aventura. Na extremidade ocidental do mapa traçou um círculo imaginário com o indicador, e, ao começar a falar, tudo parecia tão bem concatenado e articulado que falava para ser escrito. A mania que cultivei aqui, de anotar o que ouvia, me permitiu encher alguns cadernos com transcrições da fala dos outros. Um desses cadernos encerra, com poucas distorções, o que foi dito por teu pai no entardecer de um dia de 1929."

# 4

"A VIAGEM TERMINOU NUM LUGAR que seria exagero chamar de cidade. Por convenção ou comodidade, seus habitantes teimavam em situá-lo no Brasil; ali, nos confins da Amazônia, três ou quatro países ainda insistem em nomear fronteira um horizonte infinito de árvores; naquele lugar nebuloso e desconhecido para quase todos os brasileiros, um tio meu, Hanna, combateu pelo Brasão da República Brasileira; alcançou a patente de coronel das Forças Armadas, embora no Monte Líbano se dedicasse à criação de carneiros e ao comércio de frutas nas cidades litorâneas do sul; nunca soubemos o porquê de sua vinda ao Brasil, mas quando líamos suas cartas, que demoravam meses para chegar às nossas mãos, ficávamos estarrecidos e maravilhados. Relatavam epidemias devastadoras, crueldades executadas com requinte por homens que veneravam a lua, inúmeras batalhas tingidas com as cores do crepúsculo, homens que degustavam a carne de seus semelhantes como se saboreassem rabo de carneiro, palácios com jardins esplêndidos, dotados de paredes inclinadas e rasgadas por janelas ogivais que apontavam para o poente, onde repousa a lua de ramadã. Relatavam também os perigos que haviam enfrentado: rios de superfície tão vasta que pareciam um espelho infinito; a pele furta-cor de um certo réptil que o despertou com o seu brilho intenso quando cerrava as pálpebras na hora sagrada da sesta; e a ação de um veneno que os nativos não usavam para fins belicosos, mas que ao penetrar na pele de alguém, fazia-lhe adormecer, originando pesadelos terríveis, que eram a soma dos momentos mais infelizes da vida de um homem.

Passados onze anos, talvez em 1914, Hanna enviou-nos dois retratos seus, colados na frente e no verso de um papel-cartão retangular; dentro do envelope havia apenas um bilhete em que se lia: "entre as duas folhas de cartão há um outro retrato; mas este só deverá ser visto quando o próximo parente desembarcar aqui". Ao ler o bilhete, meu pai, dirigindo-se a mim, sentenciou: chegou a tua vez de enfrentar o oceano e alcançar o desconhecido, no outro lado da terra.

Eu sabia o nome do lugar onde Hanna morava, sabia que ali todos conheciam todos e que os inimigos mais ferrenhos se esbarravam de vez em quando. A viagem foi longa: mais de três mil milhas navegadas durante várias semanas; em certas noites, eu e os poucos aventureiros que me acompanhavam parecíamos os únicos sobreviventes de uma catástrofe. Chegamos, enfim, na cidade de Hanna, numa noite de intenso calor. Já não sabia há quanto tempo viajávamos e nada, a não ser a voz do comandante da embarcação, anunciou que tínhamos atracado à beira de um porto. Da proa ou de qualquer ponto do barco, nenhuma luz artificial era visível para alguém que mirasse o horizonte; mas bastava alçar um pouco a cabeça para que o olhar deparasse com uma festa de astros que se projetavam na superfície do rio, alongando-se por uma infindável linha imaginária ao longo do barco; a escuridão nos indicava ser ali a fronteira entre a terra e a água.

Ansioso, esperei o amanhecer: a natureza, aqui, além de misteriosa é quase sempre pontual. Às cinco e meia tudo ainda era silencioso naquele mundo invisível; em poucos minutos a claridade surgiu como uma súbita revelação, mesclada aos diversos matizes do vermelho, tal um tapete estendido no horizonte, de onde brotavam miríades de asas faiscantes: lâminas de pérolas e rubis; durante esse breve intervalo de tênue luminosidade, vi uma árvore imensa expandir suas raízes e copa na direção das nuvens e das águas, e me senti reconfortado ao imaginar ser aquela a árvore do sétimo céu.

Ao meu redor todos ainda dormiam, de modo que presenciei sozinho aquele amanhecer, que nunca mais se repetiria com a mesma intensidade. Compreendi, com o passar do tempo, que a visão de uma paisagem singular pode alterar o destino de um homem e torná-lo menos estranho à terra em que ele pisa pela primeira vez.

Antes das seis, tudo já era visível: o sol parecia um olho solitário e brilhante perdido na abóbada azulada; e de uma mancha escura alastrada diante do barco, nasceu a cidade. Não era maior que muitas aldeias encravadas nas montanhas do meu país, mas o fato de estar situada num terreno plano acentuava a repetição dos casebres de madeira e exagerava a imponência das construções de pedra: a igreja, o presídio, um ou outro sobrado distante do rio; é inútil afirmar que não havia palácios; estes faziam parte das invenções de Hanna, o mais imaginoso entre os irmãos do meu pai; lá na nossa aldeia, o rabo descomunal de um carneiro servia-lhe de estímulo para que contasse um mundo de histórias; os mais velhos o escutavam com atenção e o patriarca de Tarazubna, cego e surdo, intervinha com uma palavra ou um gesto nos momentos de hesitação, quando algo escapa à fala.

Desci do barco por uma tábua estreita e caminhei entre as pessoas que esperavam avidamente por notícias, parentes e encomendas; todos estavam descalços, boquiabertos e talvez tristes. Alguns não conseguiam dissimular a expressão dos famintos. Procurei Hanna com os olhos, mas todas as pessoas perto de mim diferiam muito dele; um rapaz alto e corpulento, recostado na parede de uma casa vermelha, atraiu meu olhar. Indaguei-lhe, em português sofrível, se conhecia o homem estampado no retrato que repousava na palma de minha mão.

— É meu pai — respondeu com uma voz grave, fitando-me os olhos e alheio ao retrato. Perguntei por Hanna, após beijar seu rosto; ele apenas apontou para o horizonte, de onde vinha o fulgor da manhã; em seguida, pôs-se a caminhar pela única rua da cidade, e então percebi que seria prudente acompanhá-lo; aos poucos, reparei que a rua alinhava duas fileiras de casas de madeira, todas desertas; e concluí que todos os seus moradores se apinhavam no atracadouro; ao pisar no solo ainda molhado, imaginei que, antes do amanhecer (talvez no momento em que orava), tivesse chuviscado, porque, além do solo encharcado, as roupas estendidas e a folhagem das árvores estavam umedecidas.

Atravessamos a rua (e a cidade) após caminharmos trezentos metros; e, por uma frágil ponte de madeira, cruzamos o igarapé, limite entre o povoado e a floresta.

Nunca imaginei que Hanna morasse no mato, tal um asceta entre os cedros milenares das montanhas! Mas a solidão, pensei, não deve ser a mesma em lugares distintos; ali, reinava uma escuridão quase noturna e a atmosfera tornava-se espessa enquanto avançávamos por um caminho tortuoso e estreito. Foi então que comecei a desconfiar daquele rapaz que se dizia filho de Hanna e senti raiva de mim por ter acreditado nas suas palavras; pensei numa cilada e, como todo homem diante de uma ameaça, senti medo; examinei a possibilidade de retornar pelo mesmo caminho, ou então falar alguma coisa, mas durante um momento de hesitação a paisagem mudou bruscamente e um facho de luz nos revelou o fim do caminho. Uma espécie de clareira parecia constituir uma interrupção daquele mundo sombrio. Inexplicavelmente fitei os dois retratos de Hanna, examinando cada lado do cartão. As duas imagens, que antes pareciam rigorosamente idênticas, agora diferiam em algo; conjeturei que a causa dessa diferença fosse alguma alteração química durante a ampliação. Pensei: duas ampliações de uma mesma chapa revelam sempre duas imagens distintas. Virava o cartão nervosamente, querendo comparar os dois retratos: a claridade tornava-os ainda mais distintos, ressaltando certas diferenças: a curva das sobrancelhas, a saliência dos pômulos, a textura dos cabelos. O corpo do rapaz, caminhando na direção da luz, desviou minha atenção. Fui ao seu encontro, até alcançar a superfície desmatada: uma fenda imensa de terra batida, que nos alijava da floresta.

Sem que ele me apontasse, soube localizar o túmulo de Hanna: era o único desprovido de cruz e de imagens de santos. Só então me lembrei de verificar o retrato entre as duas folhas de cartão. Era um outro retrato de Hanna, ainda jovem, antes de partir; mas parecia também o retrato do seu filho. Não procurei saber como e quando morrera. Após ter vivido alguns anos naquele lugar, foi possível presumir uma causa: as febres proliferavam tanto quanto as facadas que rasgavam o ventre dos homens;

e isso explicava por que o cemitério era mais vasto que a cidade. Tampouco me interessei pela identidade ou destino da mãe do rapaz; soube, através de um conhecido, que era a mulher mais vistosa do lugar, e que Hanna, antes de aprender o português, foi capaz de pronunciar o nome da mulher e algumas palavras: rainha, pérola, marfim, estrela e lua. O uso desses substantivos talvez substituísse seu nome e eles prescindiam do verbo enamorar-se. Pensei que o ciúme pudesse ter sido a causa do seu fim; mas, de qualquer forma, o seu filho, ao encontrar uma mulher, vingaria o pai.

Morei alguns anos no povoado, conheci os rios mais adustos e logo aprendi que o comércio, além das quatro operações elementares, exige malícia, destemor e o descaso (senão o desrespeito) a certos preceitos do Alcorão.

Ter vindo a Manaus foi meu último impulso aventureiro; decidi fixar-me nessa cidade porque, ao ver de longe a cúpula do teatro, recordei-me de uma mesquita que jamais tinha visto, mas que constava nas histórias dos livros da infância e na descrição de um hadji da minha terra.

Muito antes do desaparecimento de Emir soube que me casaria com Emilie; os levantinos da cidade eram numerosos e quase todos habitavam no mesmo bairro, próximo ao porto. A beira de um rio ou a orla marítima os aproximam, e em qualquer lugar do mundo as águas que eles veem ou pisam são também as águas do Mediterrâneo. Os solteiros falavam de Emilie com efusão e esperança; os mais velhos recordavam a juventude, resignados e pacientes. Afinal, tinham vivido muitas décadas. Emilie era a única filha e, de tanto ouvir falar dela, enamorei-me."

# 5

"FOI ASSIM QUE TEU PAI RESUMIU sua vinda ao Brasil, numa tarde em que o procurei para puxar assunto. Curiosa era a maneira como se dirigia a mim: sempre olhando para o Livro aberto. Folheava-o vez ou outra, esfregando os dedos nas folhas de papel e esse convívio inquieto das mãos com o texto sagrado parecia animar sua voz. As outras passagens de sua vida também foram testemunhadas pelo livro; alguma vez foi eloquente, sem deixar de ser humilde, ao comentar várias suratas: a da Aranha, a dos Ventos Disseminadores, a das Vias da Ascensão e a do Inevitável Evento. Um dia encontrei-o sozinho na Parisiense. Estava sentado atrás do balcão maciço e a ausência do Livro me pareceu uma advertência ou uma indisposição para evocarmos conversas passadas.

Mal esperou que o cumprimentasse e me indagou por onde andavam as fotografias de Emir. Creio que essa pergunta latejava na sua mente há muito tempo e eu sempre disfarçava quando o assunto rondava aquela manhã do coreto; desconfio que Emilie lhe pediu para que me cobrasse as fotos; ela mesma tentara resgatá-las de mim, mas eu sempre inventava uma desculpa ou mudava de assunto e a coisa ficava por isso mesmo. Emílio, teu tio, mandou buscar de Trieste a moldura oval do tamanho de um rosto humano; da Itália vieram também o mármore já lapidado e o cristal ligeiramente côncavo: este fazia parte da moldura e protegeria a foto das intempéries e do limo; foi tão bem fixado à moldura que até hoje não criou fungos; está apenas um pouco embaçado, mas isso é atribuído ao tempo e a um eventual suspiro de indignação dos que, mesmo mortos, não se deixam observar passivamente. Só quando teu pai tocou no assunto é que providenciei as fotografias sem pestanejar; a pergunta dele soou como uma sentença e, além disso, havia a insistência de

Emilie. Ela passou meses batendo na mesma tecla: que o túmulo do irmão permanecia inacabado só por minha causa. Tive que ceder, como normalmente fazíamos quando Emilie perseverava; mas não recorri à prática de fotógrafo, abandonada por um bom tempo. Teria sido doloroso ver Emir emergir lentamente da química, a orquídea na mão bem próxima à lapela, como um coração escuro surgindo de dentro do corpo. Foi um amigo da colônia alemã que fez a ampliação do rosto no tamanho natural, como desejava Emilie. Fez várias cópias, algumas com bastante contraste; as sobrancelhas pareciam dois arcos negros, espessos e contínuos; e os cabelos, quase azulados e bem penteados, não dissimulavam o desespero marcado pelo olhar e pelos sulcos cinzentos que lhe riscavam a testa.

Pedi que fizesse outras cópias com menos contraste, mas há sempre um estigma, uma marca inextirpável da angústia que até mesmo a fotografia perpetua. Imaginei, num desses momentos em que a morbidez se interpõe entre a nostalgia e o esforço para que o irreversível se torne possível, imaginei como seria a expressão de Emir ao contemplar o seu próprio rosto multiplicado por uma série de ampliações e qual ele escolheria para satisfazer o desejo de Emilie; esta, ao examinar as treze ampliações, deteve o olhar nas que definiam todos os contornos e detalhes do rosto do irmão. Ela permaneceu alguns minutos silenciosa e serena, embebida pelas imagens, talvez pensando "por que esse olhar, esse rosto contraído, essa febre intensa que o jogo de luz e sombra deixa transparecer?". Deixei-a sozinha com os retratos, ao notar que suas mãos pousavam nos olhos de Emir ou encobriam uma parte do rosto, como se ela quisesse mirá-lo por partes para desvendar alguma coisa que nos escapa ao fitarmos o todo. Emilie me pediu as treze ampliações. Exigiu também uma do corpo do irmão para colocar na moldura encomendada de Trieste. Ela não sabia que eu tinha feito uma trégua à profissão de fotógrafo, só retomada ao voltar de uma demorada viagem ao interior do Amazonas. Pouco tempo depois mandei às favas o laboratório e o material fotográfico. Na verdade, troquei tudo por uma biblioteca com obras raras editadas nos séculos passados, que pertencera a alguns juristas famosos da cidade. Essa biblioteca cresceu com os livros que adquiri dos alemães que fugiram de Manaus na época da guerra. Foram anos difíceis para os membros da colônia; muitos tingiram os cabelos de preto e foram para o mato, onde adoeceram e morreram; os sobreviventes que regressaram à cidade depois da guerra encontraram suas mansões neoclássicas destruídas e saqueadas, e só conseguiram abrigo nas missões religiosas e em alguns consulados europeus. Quando a agência consular alemã foi reativada, mandaram buscar livros de todas as literaturas e foi então que tive acesso às obras orientais, em traduções legíveis. O convívio com teu pai me instigou a ler *As mil e uma noites*, na tradução de Henning. A leitura cuidadosa e morosa desse livro tornou nossa amizade mais íntima; por muito tempo acreditei no que ele me contava, mas aos poucos constatei que havia uma certa alusão àquele livro, e que os episódios de sua vida eram transcrições adulteradas de algumas noites, como se a voz da narradora ecoasse na fala do meu amigo. No início de nossa amizade ele se mostrara circunspecto e reservado, mas ao concluir a leitura da milésima noite ele se tornara um exímio falador. Às vezes, a leitura de um livro desvela uma pessoa. Mas o curioso é que ele sempre deixava uma ponta de incerteza ou descrédito no que contava, sem nunca perder a entonação e o fervor dos que contam com convicção. Os fatos e incidentes ocorridos na família de Emilie e na vida da cidade também participavam das versões confidenciadas por teu pai aos visitantes solitários da Parisiense. O que me fez pensar nisso foi a coincidência entre certas passagens da vida de outras pessoas, que mescladas a textos orientais ele incorporava à sua própria vida. Era como se inventasse uma verdade duvidosa que pertencia a ele e a outros. Fiquei surpreso com essas coincidências, mas, afinal, o tempo acaba borrando as diferenças entre uma vida e um livro. E, além disso, o que surpreende um homem hoje deverá surpreender, algum dia, toda a humanidade. Pensando também na fotografia de Emir, cogitei que aquela imagem protegida por uma lâmina de cristal pode evocar um morto de Manaus e os do mundo inteiro."

"Após a morte de Emir, Dorner partiu para uma viagem de anos. Eu o conheci no natal de 1935, e desde então fiquei maravilhado com os álbuns de fotografias e desenhos que ele não cansava de mostrar às crianças e ao meu pai. Era um colossal arquivo de imagens, com rotas de viagens e mapas minuciosos traçados com paciência e esmero. Sempre que recebia elogios e estímulos, observava com humildade: "Há erros clamorosos nesta ilustração de aventuras, mas creio que todo viajante que procura o desconhecido convive com a hipótese feliz de cometer enganos". Anos mais tarde ele tentou sem êxito ser professor de história da filosofia no curso de direito, embora sua paixão secreta fosse a botânica. Não foram poucos os dias da minha adolescência que passei na casa dele. Dorner tinha o prazer insaciável de revelar todos os documentos que acumulara ao longo da vida. Certa vez ele ficou desconcertado por eu não mostrar entusiasmo em frequentar os cursos de alemão que ele dava aos filhos e netos de seus conterrâneos. Notando meu desinteresse, ironizava: "Nem tudo está perdido; quando eu voltar das duas Alemanhas teu entusiasmo terá duplicado". Ao viajar para a Europa, por volta de 55, pensei que ele nunca mais pisaria em Manaus. Na verdade, fui eu que me exilei para sempre. A sua viagem coincidiu com a minha para o sul. De Leipzig e de Colônia me escreveu cartas copiosas que nunca deixei de reler. Em cada releitura me espantava com uma revelação, com um comentário sutil sobre a sua permanência no Amazonas. Eram observações feitas com a acuidade de um crítico, com o olhar de quem quer enxergar com uma lupa o que já foi visto a olho nu. Para mim, a *Cattleya Eldorado* era apenas duas palavras que encerravam um certo mistério; para Dorner era uma orquídea preciosa que originou outras de um colorido variadíssimo como a *Splendens*, a *Ornata*, a *Crocata* e a *Glebelands*. Ao mencionar essas catleias, ele precisava o tamanho de sépalas e pétalas, e me enveredava a uma nomenclatura excêntrica citando bulbos claviformes, folhas crasso-coriáceas e flores aromáticas cujas cores oscilavam entre o rosa-pálido e o rosa-violáceo. Falava também de outras catleias, como a *Schilleriana* e a *Odoratíssima*, e, cada vez que visitávamos o seu orquidário sombreado por um pergolado de angelim-pedra, ele apontava para uma placa de madeira onde se lia: em que instante Deus criou as orquídeas?

Lembro também de suas exaustivas incursões à floresta, onde ele permanecia semanas e meses, e ao retornar afirmava ser Manaus uma perversão urbana. "A cidade e a floresta são dois cenários, duas mentiras separadas pelo rio", dizia. Para mim, que nasci e cresci aqui, a natureza sempre foi impenetrável e hostil. Tentava compensar essa impotência diante dela contemplando-a horas a fio, esperando que o olhar decifrasse enigmas, ou que, sem transpor a muralha verde, ela se mostrasse mais indulgente, como uma miragem perpétua e inalcançável. Mais do que o rio, uma impossibilidade que vinha de não sei onde detinha-me ao pensar na travessia, na outra margem. Dorner relutava em aceitar meu temor à floresta, e observava que o morador de Manaus sem vínculo com o rio e com a floresta é um hóspede de uma prisão singular: aberta, mas unicamente para ela mesma. "Sair dessa cidade", dizia Dorner, "significa sair de um espaço, mas sobretudo de um tempo. Já imaginaste o privilégio de alguém que ao deixar o porto de sua cidade pode conviver com outro tempo?"

Aos que lhe perguntavam se realmente havia mudado de profissão, respondia: "Apenas alterei o rumo do olhar; antes, fixava um olho num fragmento do mundo exterior e acionava um botão. Agora é o olhar da reflexão que me interessa". Sei (e creio que todos aqui sabem) que ele passou a vida anotando suas impressões acerca da vida amazônica. O comportamento ético de seus habitantes e tudo o que diz respeito à identidade e ao convívio entre brancos, caboclos e índios eram seus temas prediletos. Numa das cartas que me enviou de Colônia escreveu algumas páginas intituladas "O olhar e o tempo no Amazonas". Afirmava que o gesto lento e o olhar perdido e descentrado das pessoas buscam o silêncio, e são formas de resistir ao tempo, ou melhor, de ser fora do tempo. Ele procurava contestar um senso comum bastante difundido aqui no norte: o de que as pessoas são alheias a tudo, e que já nascem lerdas e tristes e passivas; seus argumentos apoiavam-se na sua vivência intensa na região, na "peregrinação cósmica de Humboldt", e também na leitura de filósofos que tateiam o que ele nomeava "o delicado território do alter". Era uma carta repleta de citações e perífrases: procedimento generoso para tentar cativar a atenção do destinatário, que respondia com dúvidas e hesitações.

Mas nem nas nossas conversas nem na correspondência que mantivemos ele replicou as minhas insinuações a respeito da morte de Emir. Talvez por respeitar o pacto com Emilie, já que um suicídio pode abalar várias gerações de uma família. Sempre pensei que os assuntos nebulosos eram decifrados por ela, e ninguém ousava pronunciar uma sílaba sem o seu assentimento; todos os nossos fracassos e nossas fraquezas, quando não podiam ser evitados ou premeditados, ficavam restritos ao espaço fechado da Parisiense ou da casa nova. Não apenas por amor ao irmão ela fez tudo para conseguir a fotografia feita por Dorner. Porque os indícios do estranho comportamento de Emir estavam estampados na única imagem do seu rosto naquela manhã que findava. Emilie queria a foto para si, receosa de que a alucinação do irmão fosse contemplada pelos olhos da cidade. Ainda hoje lembro do negativo seis por oito, enrolado numa folha de papel de seda, que encontrei dentro de sua veste branca cuidadosamente arrumada no fundo do baú forrado de veludo negro; não sei onde ela o escondeu depois que o relógio saiu do armário. Ontem mesmo visitei o quarto de Emilie; no armário aberto vi o baú no mesmo canto, com a tampa aberta, e vazio; tampouco sei em que época ela retirou os objetos dali e onde os guardou. Talvez, prevendo que fosse morrer, tenha se desvencilhado de tudo, cuidando para não deixar vestígios.

Das leituras das cartas de V. B. induzi que Emir estava enfezado com Emilie desde a simulação do suicídio no convento; e o esboço de uma carta que Emilie não enviou elucida de certa forma essa desavença e talvez o destino trágico do irmão.

Na viagem de Beirute para o Brasil, o navio fez uma escala em Marselha. Uma frase de Emilie, que bem ou mal traduzi e nunca mais esqueci, dizia mais ou menos assim: "Um porto é um lugar perigoso para os jovens porque quase sempre são vítimas de um vírus fatal, o do amor". Na mesma carta abundavam expressões como "mulher da vida", "torpe desejo" e "tentações do capeta". É provável que Emir desejasse ficar em Marselha, ou vir com alguém para o Brasil, pois durante os quatro dias de permanência no porto ele andou sumido. Emilie, preocupada, aconselhou o outro irmão a prevenir a polícia francesa. Encontraram-no próximo à estação de trem e conduziram-no à força de volta ao navio. Num dos bolsos da calça, além de duas passagens de trem, havia uma parte do dinheiro que Emilie trazia no baú, no meio das roupas, pulseiras e joias. Quando desembarcaram em Recife, os pais de Emilie, meus avós, estranharam a atitude de Emir; este mal falou com eles, e durante o tempo que viveu em Manaus só se comunicava com a irmã na presença dos pais. Lembro-me também de Hindié ter contado que nos seus momentos de "tontura" Emir costumava pronunciar uma frasezinha em francês. Nenhuma referência a essa frase encontrei na correspondência. No dia do enterro, tentei sondar algo a esse respeito com Hindié, mas esta sequer conseguiu abrir os olhos: entre as suas pestanas havia uma membrana de lágrimas, e tudo o que me pôde dizer foi:

— Estou arrasada, filho, me sinto um trapo...

As dezenas de fotos de Emir serviram para Emilie colocar em prática uma promessa cumprida à risca durante boa parte de sua vida; tu deves ter reparado que, infalivelmente, a cada manhã do aniversário da morte de Emir tua avó caminhava até a Matriz e, ajoelhada, com o corpo voltado para o rio, orava os responsos de Santo Antônio; depois seguia até o cais e pedia a um catraieiro para que a conduzisse à boca do igarapé dos Educandos, onde jogava na água um vaso com flores e um retrato do irmão; esse gesto, repetido a cada ano, despertou uma certa curiosidade nos moradores da Cidade Flutuante. Alguns passaram a frequentar o sobrado para pedir conselhos a Emilie e, eventualmente, esmolas e favores. Muito antes de eu viajar (e dizem que antes da morte de Emir) ela já distribuía alimentos aos filhos da lavadeira Anastácia Socorro. Eu procurava ver nesse gesto uma atitude generosa e espontânea da parte de Emilie; talvez existisse alguma espontaneidade, mas quanto à generosidade... devo dizer que as lavadeiras e empregadas da casa não recebiam um tostão para trabalhar, procedimento corriqueiro aqui no norte. Mas a generosidade revela-se ou se esconde no trato com o Outro, na aceitação ou recusa do Outro. Emilie sempre resmungava porque Anastácia comia "como uma anta" e abusava da paciência dela nos fins de semana em que a lavadeira chegava acompanhada por um séquito de afilhados e sobrinhos. Aos mais encorpados, com mais de seis anos, Emilie arranjava uma ocupação qualquer: limpar as janelas, os lustres e espelhos venezianos, dar de comer aos animais, tosquiar e escovar o pelo dos carneiros e catar as folhas que cobriam o quintal. Eu presenciava tudo calado, moído de dor na consciência, ao perceber que os fâmulos não comiam a mesma comida da família, e escondiam-se nas edículas ao lado do galinheiro, nas horas da refeição. A humilhação os transtornava até quando levavam a colher de latão à boca. Além disso, meus irmãos abusavam como podiam das empregadas, que às vezes entravam num dia e saíam no outro, marcadas pela violência física e moral. A única que durou foi Anastácia Socorro, porque suportava tudo e fisicamente era pouco atraente. Quantas vezes ela ouvia, resignada, as agressões de uns e de outros, só pelo fato de reclamar, entre murmúrios, que não tinha paciência para preparar o café da manhã cada vez que alguém acordava, já no meio do dia. Vozes ríspidas, injúrias e bofetadas também participavam desse teatro cruel no interior do sobrado. Lembro de uma cena que me deixou constrangido e apressou a minha decisão de partir, e assim venerar Emilie de longe.

Estava lendo no quarto quando escutei um alvoroço na escada: gritos, choro, convulsões. Corri para ver o que acontecia, e vi um dos meus irmãos arrastando uma das nossas ex-empregadas com um bebê entre os braços. Emilie surgiu de não sei onde, apartando um do outro, e tentando acalmá-los. Ela acompanhou a mulher até o portão e, ao despedir-se dela, cochichou algo no seu ouvido. A mulher levou a criança à Parisiense e contou coisas a meu pai. Foi uma das poucas vezes que o vi cego de ódio, os olhos incendiados de fúria. Eu estava de pé, ao lado da janela da copa, olhando ora para a gravura de um livro de viagens, ora para uma abóbada de folhas cinzentas movimentando-se no quintal, quando o pai irrompeu na casa; fiquei estatelado ao divisar seu corpo alto e um pouco curvado surgir no vão da porta; levava enroscado no punho o cinturão, tal uma serpente negra e delgada; a sua maneira de subir a escada era inconfundível: dava passadas espaçosas, calcando o pé no degrau, e a mão esquerda roçava o corrimão: o atrito da pele com a madeira emitia, em breves intervalos, ruídos agudos, uma espécie de silvo; escutei com temor o corre-corre, o salve-se-quem-puder, e escutei também, pela primeira vez nos seus acessos de fúria, uma frase em português; gritou, entre pontapés e murros na porta, que um filho seu não pode escarrar como um animal dentro do corpo de uma mulher. Depois ele desceu e entrou na cozinha à procura de Emilie; o livro tremia em minhas mãos, e a gravura a bico-de-pena não era mais que uma teia informe de finos rabiscos; procurei Sálua no quintal, mas não a vi. Também não tive ímpeto de me afastar dali: o medo deixara-me sem ação e sozinho diante de um pai encolerizado. O bate-boca com Emilie foi tempestuoso e breve: que não era a primeira mulher que aparecia na Parisiense com um filho no colo, dizendo-lhe "esta criança é seu neto, filho do seu filho"; que não atravessara oceanos para nutrir os frutos de prazeres fortuitos de seres parasitas; que naquela casa os homens confundiam sexo com instinto e, o que era gravíssimo, haviam esquecido o nome de Deus.

— Deus? — contra-atacou Emilie. — Tu achas que as caboclas olham para o céu e pensam em Deus? São umas sirigaitas, umas espevitadas que se esfregam no mato com qualquer um e correm aqui para mendigar leite e uns trocados.

O velho interrompeu subitamente a discussão e saiu sisudo, decepcionado antes com Emilie que com meus irmãos. Era inútil censurá-los ou repreendê-los. Emilie colocava-se sempre ao lado deles; eram pérolas que flutuavam entre o céu e a terra, sempre visíveis e reluzentes aos seus olhos, e ao alcance de suas mãos.

Essa conivência de Emilie com os filhos me revoltava, e fazia com que às vezes me distanciasse dela, mesmo sabendo que eu também era idolatrado. Tornava-me um filho arredio, por não ser um estraga-albardas, por não ser vítima ou agressor, por rechaçar a estupidez, a brutalidade no trato com os outros. No meu íntimo, creio que deixei a família e a cidade também por não suportar a convivência estúpida com os serviçais. Lembro Dorner dizer que o privilégio aqui no norte não decorre apenas da posse de riquezas.

— Aqui reina uma forma estranha de escravidão — opinava Dorner. — A humilhação e a ameaça são o açoite; a comida e a integração ilusória à família do senhor são as correntes e golilhas.

Havia alguma verdade nessa sentença. Eu notava um esforço da parte de Emilie para manter acesa a chama de uma relação cordial com Anastácia Socorro. Às vezes bordavam e costuravam juntas, na sala; e ambas conversavam sobre um passado e lugar distantes, e essas conversas atraíam minha atenção. Permanecia horas ao lado das duas mulheres, magnetizado pelo desenho dourado gravado no corpo vítreo do narguilé, nas contas de cor carmesim que formavam volutas ou caracóis semi-imersos no líquido nacarado, e no bico de madeira que terminava num orifício delicado, como se fossem lábios preparados para um beijo. Mirando e admirando aquele objeto adormecido durante o dia, escutava as vozes, de variada entonação, a evocar temas tão distintos que as aproximavam. Anastácia impressionava-se com a parreira sobre o pátio pequeno, o telhado de folhas, suspenso, de onde brotavam cachos de uvas minúsculas, quase brancas e transparentes, e que nunca cresciam; ela fazia careta quando degustava as frutinhas azedas, sem entender a origem dos cachos enormes de graúdas moscatéis que entupiam a geladeira, o pomar das delícias, junto com as maçãs, peras e figos que meu pai trazia do sul, bem como as caixas de raha com amêndoas, os saquinhos de miski, as latas de tâmaras e de "tambac", o tabaco persa para o narguilé. As frutas e guloseimas eram proibidas às empregadas, e, cada vez que na minha presença Emilie flagrava Anastácia engolindo às pressas uma tâmara com caroço, ou mastigando um bombom de goma, eu me interpunha entre ambas e mentia à minha mãe, dizendo-lhe: fui eu que lhe ofereci o que sobrou da caixa de tâmaras que comi; assim, evitava um escândalo, uma punição ou uma advertência, além de deixar Emilie reconfortada, radiante de alegria, pois para fazê-la feliz bastava que um filho devorasse quantidades imensas de alimentos, como se o conceito de felicidade estivesse muito próximo ao ato de mastigar e ingerir sem fim.

A lavadeira me agradecia perfumando minhas roupas; depois de esfregá-las e enxaguá-las, ela salpicava seiva de alfazema nas camisas, lenços e meias, e, quando eu punha as mãos nos bolsos das calças, encontrava as ervas de cheiro: o benjoim e a canela. Um odor de mistura de essências me acompanhava nos passeios pela cidade e desprendia-se do guarda-roupa aberto durante a noite, como se ali, fumegando em algum canto escuro, existisse um incenso invisível.

O odor não estava ausente da conversa entre as duas mulheres. O aroma das frutas do "sul" vaporava, se colocadas ao lado do cupuaçu ou da graviola, frutas que, segundo Emilie, exalavam um odor durante o dia, e um outro, mais intenso, mais doce, durante a noite. "São frutas para saciar o olfato, não a fome", proferia Emilie. "Só os figos da minha infância me deixavam estonteada desse jeito." O aroma dos figos era a ponta de um novelo de histórias narradas por minha mãe. Ela falava das proezas dos homens das aldeias, que no crepúsculo do outono remexiam com as mãos as folhas amontoadas nos caminhos que seriam cobertos pela neve, e com o indicador hirsuto da mão direita procuravam os escorpiões para instigá-los, sem temer o aguilhão da cauda que penetrava no figo oferecido pela outra mão. Ela evocava também os passeios entre as ruínas romanas, os templos religiosos erigidos em séculos distintos, as brincadeiras no lombo dos animais e as caminhadas através de extensas cavernas que rasgavam as montanhas de neve, até alcançar os conventos debruçados sobre abismos. "Mas tinha um outro caminho, ao ar livre", dizia, emocionada. Era uma escada construída pela natureza: pedras arredondadas pela neve escalonam as montanhas e te conduzem quase sempre a um convento ou monastério. Lá do alto, a terra, os rios e o mar azulado desaparecem: a paisagem do mundo se restringe à floresta de cedros negros e ao rio sagrado que nasce ao pé das montanhas. Além dos muros que circundam os edifícios suntuosos e solenes, uma outra paisagem surge como um milagre: córregos ao meio de bosques, videiras, oliveiras e figueiras que se alastram não muito longe do claustro, da igreja e das celas onde os solitários, nutridos pela religião, alçam o voo rumo ao céu como as asas de uma montanha.

Impassível, com o olhar vidrado no rosto de Emilie, Anastácia aproveitava uma pausa da voz da patroa, empinava o corpo e indagava: como é o mar? o que é uma ruína? onde fica Balbek? Às vezes Emilie franzia a testa e me cutucava, querendo que eu elucidasse certas dúvidas. É curioso, pois sem se dar conta, tua avó deixava escapar frases inteiras em árabe, e é provável que nesses momentos ela estivesse muito longe de mim, de Anastácia, do sobrado e de Manaus. Eu deixava de contemplar os arabescos do narguilé para ponderar sobre isso e aquilo, e tentava dar outro rumo ao assunto, uma reviravolta no tempo e no espaço, passar do Mediterrâneo ao Amazonas, da neve ao mormaço, da montanha à planície. E, antes que Anastácia começasse a falar, Emilie largava as agulhas e os panos, e ordenava a mulher a preparar um café com borra e servi-lo em xícaras de porcelana chinesa, tão pequenas que o primeiro gole parecia o último. Alguma coisa imprecisa ou misteriosa na fala de Anastácia hipnotizava minha mãe. Emilie, ao contrário de meu pai, de Dorner

*80*

e dos nossos vizinhos, não tinha vivido no interior do Amazonas. Ela, como eu, jamais atravessara o rio. Manaus era o seu mundo visível. O outro latejava na sua memória. Imantada por uma voz melodiosa, quase encantada, Emilie maravilhava-se com a descrição da trepadeira que espanta a inveja, das folhas malhadas de um tajá que reproduz a fortuna de um homem, das receitas de curandeiros que veem em certas ervas da floresta o enigma das doenças mais temíveis, com as infusões de coloração sanguínea aconselhadas para aliviar trinta e seis dores do corpo humano. "E existem ervas que não curam nada", revelava a lavadeira, "mas assanham a mente da gente. Basta tomar um gole do líquido fervendo para que o cristão sonhe uma única noite muitas vidas diferentes."

Esse relato poderia ser de duvidosa veracidade para outras pessoas, não para Emilie. No jardim tu ainda encontras os tajás e as trepadeiras, separadas das plantas ornamentais. Emilie plantou as mudas naquele tempo e, aconselhada por Anastácia, preparou um adubo com esterco de galinha e carvão em pó para ser misturado à terra, de sete em sete dias durante sete meses. O resultado é a espessa muralha verde-musgo que cerca a fonte, e o matagal de tajás vizinho ao galinheiro. Lembro que ali existiam ninhos de cobra, e muitos galináceos pereceram, vítimas dos ofídios. Emilie deu pouca importância ao fato. "Prefiro conviver com cobras a ter que suportar uma ponta de inveja desse ou daquele", costumava dizer.

Anastácia falava horas a fio, sempre gesticulando, tentando imitar com os dedos, com as mãos, com o corpo, o movimento de um animal, o bote de um felino, a forma de um peixe no ar à procura de alimentos, o voo melindroso de uma ave. Hoje, ao pensar naquele turbilhão de palavras que povoavam tardes inteiras, constato que Anastácia, através da voz que evocava vivência e imaginação, procurava um repouso, uma trégua ao árduo trabalho a que se dedicava. Ao contar histórias, sua vida parava para respirar; e aquela voz trazia para dentro do sobrado, para dentro de mim e de Emilie, visões de um mundo misterioso: não exatamente o da floresta, mas o do imaginário de uma mu-

*81*

lher que falava para se poupar, que inventava para tentar escapar ao esforço físico, como se a fala permitisse a suspensão momentânea do martírio. Emilie deixava-a falar, mas por vezes seu rosto interrogava o significado de um termo qualquer de origem indígena, ou de uma expressão não utilizada na cidade, e que pertencia à vida da lavadeira, a um tempo remotíssimo, a um lugar esquecido à margem de um rio, e que desconhecíamos. Naqueles momentos de dúvida ou incompreensão, de nada adiantava o olhar perplexo de Emilie voltado para mim; permanecíamos, os três, calados, resignados a suportar o peso do silêncio, atribuído aos "truques da língua brasileira", como proferia minha mãe. Aquele silêncio insinuava tanta coisa, e nos incomodava tanto... Como se para revelar algo fosse necessário silenciar. Para Emilie, talvez fossem momentos de impasse, de aguda impaciência diante da permanência da dúvida. Mas era Anastácia quem rompia o silêncio: o nome de um pássaro, até então misterioso e invisível, ela passava a descrevê-lo com minúcias: as rêmiges vermelhas, o corpo azulado, quase negro, e o bico entreaberto a emitir um canto que ela imitava como poucos que têm o dom de imitar a melodia da natureza. A descrição surtia o efeito de um dicionário aberto na página luminosa, de onde se fisga a palavra-chave; e, como o sentido a surgir da forma, o pássaro emergia da redoma escura de uma árvore e lentamente delineava-se diante de nossos olhos.

É pena não teres conhecido Lobato Naturidade, tio da lavadeira. Foi ele que encontrou e resgatou o corpo de Emir; desde então, tornou-se amigo da família e de Dorner, que o apelidou de "Príncipe da Magia Branca". Era de baixa estatura, atarracado, e apesar dos oitenta anos, tinha um corpo ainda sólido, da cor do betume, e a fama de remar um dia inteiro contra a correnteza. Nunca conheci um homem tão silencioso, mas no seu olhar podiam ser lidas todas as respostas, já lapidadas, às perguntas que lhe eram dirigidas. Da sua vida pouco sabíamos, e Anastácia Socorro emudecia toda vez que lhe pediam informações a respeito do tio. Dorner, não sei como, descobriu que Lobato falava sem embaraço o nhengatu, e que em tempos passados tinha sido um orador famoso, desses que ao abrir a boca faz o mundo à sua volta prestar atenção. Logo que chegou em Manaus era conhecido por Tacumã, seu verdadeiro nome, e era famoso por ser um grande vidente. Na cidade ele era procurado sempre que uma criança se desgarrava dos pais e se perdia nos meandros, becos e nas ruelas dos bairros mais pobres invadidos pelas águas dos igarapés. Os moradores das vilas e municípios vizinhos recorriam ao homem para buscar e encontrar os desaparecidos nos rios e na floresta. Não se sabia, nunca se soube, o procedimento que usava para detectar o rastro dos extraviados. Sabe-se apenas que passava a noite em claro e de manhãzinha apontava com os dois braços para uma determinada direção ou lugar, de onde surgia o desgarrado. Dorner descobriu também que ele havia morado algum tempo em Caiena, na companhia de uma crioula abastada, e por pouco não acompanhou a mulher quando esta decidiu ir de vez para a metrópole.

Dorner tinha dessas coisas: arrancava da pedra uma voz, se quisesse. Mas confesso que todas as vezes que vi Lobato não pronunciou uma só palavra: o seu olhar demorava menos que um aperto de mão e certamente aproximava mais duas pessoas que o contato entre os dedos. Emilie tratava-o com um respeito que aspirava à veneração; raramente aparecia em casa, mas bastava pisar na soleira da porta para que toda a vizinhança se inteirasse de que na família havia um enfermo. Trazia nas costas uma sacola de couro, surrada e sem cor, onde guardava ervas e plantas medicinais. Era um mestre na cura de dores reumáticas, inchações, gripes, cólicas e um leque de doenças benignas; para tanto, misturava algumas ervas com mel de abelha e azeite doce, e massageava os membros inchados e reumáticos do corpo com uma pasta que consistia na mistura de cascas piladas de várias árvores, gotas de arnica e uma pitada de sebo de Holanda. Os componentes e a medida exata de tais preparos foram revelados por Dorner, a pedido de Hector Dorado. Lembro que, ao retornar da Europa, o médico sentenciou com humildade: "Tive de ir a Londres para constatar e aceitar que a terapêutica de muitas enfermidades daqui se deve à profunda compreensão de plantas regionais por parte dos moradores da floresta". Eu e Dorner, amigos íntimos de Hector, pensávamos que a presença do curandeiro nas horas de sofrimento iria ferir os brios de um médico diplomado na Universidade da Bahia, com curso de especialização na London School of Tropical Medicine. Para nossa surpresa, o médico procurou aproximar-se de Lobato antes mesmo de reclamar do calor, e de padecer diante da diferença abissal existente entre Londres e Manaus. No início, o máximo que conseguiu foi espiar através das folhagens uma demorada sessão de massagem na perna reumática de Emilie. Com uma paciência de Jó, o médico acompanhou a distância o preparo dos bálsamos, até se familiarizar com as fumigações e conhecer as propriedades do malvarisco, do crajiru e de certas papoulas e raízes do mato. Ao fim de algumas poucas semanas, já não se assustava em saber que dentro de uma cuia fervia um líquido que "fedia às maravilhas", e bastava inalar o vapor para que um mortal experimentasse a sensação do infinito. Dorner ouvia calado as descobertas e sensações do médico. Depois, a sós comigo, comentava, não sem um sorriso irônico, que os da terra percebem algumas evidências com uma certa demora.

A amizade de Emilie com Lobato foi louvada por uns e tripudiada por outros. Tu deves lembrar o atroz sofrimento do seu Américo, genro do Comendador, nossos vizinhos de linhagem lusitana; desde que aprendeu a andar tomava diariamente uma injeção de insulina. Emilie não se conformava com essa terapêutica "bárbara" e aconselhou Esmeralda a procurar Lobato. Foi uma afronta para os médicos daqui. Quando Esmeralda levou o índio à presença do marido, o dr. Rayol, referindo-se a Emilie, sentenciou aos seus pacientes: "Só uma nômade imigrante pode se fiar nas charlatanices de um curandeiro. Se a crença for difundida, daqui a pouco vão acreditar que um chá de pau-d'arco é capaz de curar o câncer". A doença citada tinha um alvo certo, pois a mulher de Shalom Benemou, vizinha e amiga da família, quis recorrer a Lobato, mas o homem conhecia suas limitações.

*84*

No que toca à doença de Américo, pudemos assistir a uma dessas curas que só são narradas nos textos sagrados. A verdade é que, após alguns meses de tratamento, nosso vizinho se sentiu tão disposto que dispensou para sempre as injeções e proferiu uma frase comovente:

— Não desperto mais com a sensação de que meus dias estão contados.

Lembro que ficou tão entusiasmado com a vida que desenfurnou do porão o violino espanhol; desde então, as madrugadas tornaram-se ainda mais silenciosas com os solos de Paganini, como se o violinista tocasse para exaltar o silêncio. Soube que viveu muitos anos aos cuidados da medicina de Lobato. Uns diziam que a doença era tratada com um extrato alcoólico de sementes de paricá-rana e sapupira do campo. Mas Emilie jurava que, além desse extrato, a terapêutica consistia numa infusão preparada com folhas e cascas da raiz e do caule da jacareúba, da graviola e do araticum-manso. Lobato nunca afirmou ou desmentiu nada. E, para surpresa de todos, recusou um salário vitalício do poveiro, mas aceitou um mosaico com uma imagem de São Joaquim, oriundo de Alcobaça.

Emilie padeceu um pouco com as notícias difamatórias propagadas por médicos e pacientes. De boca em boca espalhavam que o curandeiro já tinha envenenado e cegado uns enfermos miseráveis, derramando-lhes nos olhos inflamados um líquido vermelho extraído dos galhos de uma palmeira; falavam também de rituais diabólicos para atrair o espírito do Mal e penetrar nas entranhas da vítima. E não faltou quem vituperasse contra os métodos empregados para abortar e sarar doenças venéreas: infusões fétidas, massagens obscenas no ventre e nos relevos do corpo. Nesses casos, diziam que as mulheres ficavam estéreis e os homens, impotentes. No entanto, o que mais irritava as pessoas era a vida errante de Lobato, a inexistência de uma moradia fixa. Cercado de urubus, viam-no ingressar na carcaça de um barco meio soterrado no mar de dejetos à beira de um igarapé; outros juravam que ele frequentava sórdidas palafitas, cujas paredes estavam cobertas de imagens de santos estranhos, com

*85*

olhares não se sabe se de embriaguez ou loucura; num recanto próximo ao casebre, um círculo de pontos luminosos brotava do breu da noite e aclarava garrafas de cachaça e galinhas mortas entre montículos de medalhas profanas. Esses atributos infames, vitupérios dirigidos a um homem pacato e quase invisível, eram lancetadas dirigidas também contra uma tradição ainda viva, que pulsava no coração dos bairros da periferia, no interior de habitações suspensas, açoitadas pelas chuvas.

Mais que as injúrias contra Lobato, surpreendeu-nos saber o parentesco entre o Príncipe da Magia Branca e Anastácia Socorro. Durante anos pensamos que nunca tinham se encontrado antes, mas a verdade é que Lobato aconselhara a sobrinha a procurar um emprego no sobrado; por alguma razão ele sabia que Emilie precisava de uma lavadeira e que iria com a cara de Anastácia. Os dois só conversavam com o olhar, e imaginávamos que o interesse de ambos por plantas medicinais fosse apenas uma coincidência banal. A revelação do parentesco, para nossa surpresa, alterou a relação de Emilie com a lavadeira. Anastácia ficou mais íntima dos frequentadores da casa, e logrou a proteção de Emilie; as tardes de ócio multiplicaram-se e as tarefas domésticas passaram a ser mais amenas. A lavadeira começou a viver como uma serviçal que impõe respeito, e não mais como escrava. Mas essa regalia súbita foi efêmera. Meus irmãos, nos frequentes deslizes que adulteravam esse novo relacionamento, eram dardejados pelo olhar severo de Emilie; eles nunca suportaram de bom grado que uma índia passasse a comer na mesa da sala, usando os mesmos talheres e pratos, e comprimindo com os lábios o mesmo cristal dos copos e a mesma porcelana das xícaras de café. Uma espécie de asco e repulsa tingia-lhes o rosto, já não comiam com a mesma saciedade e recusavam-se a elogiar os pastéis de picadinho de carneiro, os folheados de nata e tâmara, e o arroz com amêndoas, dourado, exalando um cheiro de cebola tostada. Aquela mulher, sentada e muda, com o rosto rastreado de rugas, era capaz de tirar o sabor e o odor dos alimentos e de suprimir a voz e o gesto como se o seu silêncio ou a sua presença que era só silêncio impedisse o outro de viver.

Sem que alguém lhe dissesse algo, Anastácia se esquivou dessa intimidade que causava repugnância nos meus irmãos, aflição em Emilie e uma discórdia generalizada na hora das refeições, um dos raros momentos em que a família hasteava a bandeira da paz. A comida preparada por Emilie nos unia, e as amenidades do dia (um roubo, alguém que chegava ou partia, um matrimônio, alguém que enviuvava) garantiam uma trégua, e nos faziam esquecer os rancores. Com o rabo do olho eu observava meu pai, e às vezes, sem enxergá-lo, pressentia que seu olhar divagador em algum momento confluía para o rosto da mulher julgada e discriminada pelos outros. Imaginava meu pai sempre a sós com Deus. Dorner discordava. Dizia: "É um exagero, nós nunca estamos sozinhos com Deus"; advertia-me que os Benemou liam o Talmude a quatro ou seis olhos. Eu replicava, dizendo que na leitura das Suratas não havia olhos solidários aos do meu pai, pois do seu confinamento só compartilhava o Livro: as palavras estavam impressas na sua solidão.

Passamos a conviver com a lavadeira de uma maneira meio indefinida, amorfa; longe da mesa ela se revelava menos intrusa, menos íntima. Ressurgiram o apetite, as vozes, os elogios às mãos divinas de Emilie, e os comentários do dia foram reavivados. Discorríamos sobre o duelo entre dois homens na rua deserta numa tarde de domingo: um confronto aguardado há muito tempo pela cidade, ansiosa para que a morte de um não fosse apenas uma anedota, mas um evento perdurável que participasse da vida de todos. Na verdade, a morte em Manaus só passava despercebida se isenta de agonia e crueldade; a outra assumia um caráter memorável, impregnava-se no tempo, resistia ao esquecimento, como se o desaparecimento trágico de alguém dissesse respeito a todos. Assim ocorreu com o duelo entre Kasen e Anuar Nonato, e que culminou com a morte de ambos; morreram abraçados, diante da Matriz, como dois irmãos que se reencontram para conhecer a morte. Memorável também a morte de Selmo, enforcado e pendurado na árvore mais alta e frondosa da Estrada de Flores, e em seguida esquartejado por todos que o odiavam, e que eram muitos. Se algo atroz não ocorresse durante um ano, as gentes apelavam para a memória: histórias eram recontadas com novos detalhes, as vítimas reviviam os suplícios lembrados por vozes exaltantes que disputavam a lembrança de uma cena. A vida não era tão pacata. Tu foste testemunha do que aconteceu com Soraya Ângela, e acompanhaste a vida atormentada (embora às vezes dissimulada) de Emilie, quando ela evocava a morte do irmão. Mais passava o tempo e minha mãe parecia mais perto de Emir, mais inconformada com o desaparecimento dele. Transcorridos mais de vinte anos daquela manhã do coreto, Emilie ainda se dedicava a uma prática filantrópica que, no início, não incomodou meu pai. Afinal, o Alcorão não a aconselha numa das Suratas?

Não sei como isso continuou, mas enquanto morava aqui ela se empenhava para que nada faltasse aos moradores da Cidade Flutuante. Na véspera do dia das oferendas reinava na casa um clima de festa. É estranho pensar na exaltação de um dia que comemora todos os dias que precedem o da morte de alguém. Emilie despertava mais cedo e pendurava nos galhos dos jambeiros as ampolas de vidro repletas de néctar de jenipapo, para que os beija-flores ali bebericassem. Pareciam passarinhos de cristal mamando no seio da natureza, degustando o líquido amarelo, da cor da aurora. Os vasos e os canteiros eram regados, e os jarrões de porcelana se avultavam com as begônias e tulipas cultivadas nos jardins dos franceses. Tudo era tão diferente do desleixo de hoje: a pedra da fonte parecia pulsar de tão alva e porosa, e o cristal dos espelhos era tão polido que devolvia aos homens algo mais que a repetição dos gestos. Da faxina da casa participavam as empregadas com seus filhos, além dos afilhados de Emilie. Hindié, Mentaha e Yasmine ajudavam no preparo dos quitutes, uma miscelânea culinária de pratos orientais e amazônicos. As guloseimas eram cuidadosamente arrumadas em cestas de palha que cobriam as lajotas da copa e cozinha e tornavam os corredores intransitáveis. No fim do dia ela inspecionava todos os recantos da casa, dava as últimas ordens aos meninos, pois sempre restavam teias de aranha e casas de cupim nos ângulos e batentes de madeira dos aposentos desabitados, nódoas no tabuado, e bolor de umidade nas paredes internas. Quando a via despedir-se para rezar e dormir, ela demonstrava um cansaço tão grande que chegava a alterar sua idade, como se todos os segundos vividos naquele dia pulsassem em cada poro do corpo. Mas na manhã seguinte Emilie se iluminava; vestia um *tailleur* negro e usava o colar de pérolas contornando o decote, mas em contato com a pele. O rosto liso como o marfim era envolto pelos cabelos ondulados, e por detrás da orelha brotava a flor de jambo, de um vermelho vivo que repetia o vermelho dos lábios. Ao despontar assim, no vão da escada, meu pai estremecia, mordendo os beiços, talvez ressentido ou enciumado, em todo caso irrequieto e certamente fascinado com aquela visão matinal, que era a versão mais pura da beleza. Ele não estranhava a sua atitude, pois Emilie se embelezava para reverenciar um defunto, mas o fato é que, naquele dia do ano, o negro que lhe cobria o corpo era, mais que luto, luxo. Adquiria uma postura esguia, colocava o anel de safira na mão esquerda e, para surpresa de todos, pintava os cílios de preto; as suas unhas, cobertas por um esmalte transparente, reluziam; e uma bolsa preta e escamada era o único objeto que levava, além de um vaso com flores e o retrato de Emir.

Ao voltar da Matriz e do porto, lá pelo meio-dia, uma fila indiana, que ia da porta do sobrado e terminava quase dentro do coreto da praça, esperava-a sob o sol escaldante. A cada ano que passava, os curumins e mendigos engrossavam essa fila, e os doentes que lhe mostravam as chagas e os membros carcomidos ela encaminhava a Hector Dorado. Muitos desses agraciados lhe ofereciam presentes que eles preferiam chamar de "lembrancinhas para a mãe de todos". Eram objetos, animais e plantas originários dos quatro cantos da Amazônia: pássaros e répteis vivos e empalhados, o precioso rouxinol do rio Negro, mudas de trepadeiras, samambaias e palmeiras, peixinhos fosforescentes, piranhas embalsamadas, e até mesmo a réplica fiel de um remo sagrado que conta a história de uma tribo indígena; ela pendurou o remo na parede da sala, bem ao lado de um pedaço de cedro do Líbano; ambos também sumiram, não sei como. O quarto dos fundos, vizinho às edículas, onde tu e teu irmão brincavam de esconde-esconde, foi construído para abrigar os objetos acumulados durante tanto tempo. No tanque ao lado da fonte ainda nadam dezenas de peixinhos e me impressionou ver como os jacarés cresceram, porque outrora não havia o cubo de arame onde agora estão confinados. Também não existia a gaiola gigantesca, esse edifício transparente e sonoro, pois ela fazia questão de conservar os pássaros nas gaiolas de madeira.

Nunca lhe passou pela cabeça doar um desses seres animados a quem quer que fosse. Com um sorriso, negava os insistentes pedidos das Irmandades dos bairros mais miseráveis para que alguns objetos e animais fossem rifados e o dinheiro revertido na aquisição de roupas, alimentos e medicamentos. Às religiosas de São Vicente de Paula ela dizia, quase se desculpando: "Essas lembrancinhas são para mim relíquias". Ninguém se atrevia a contestar essa sentença de Emilie, sobretudo quando ela passou a inventariar cada objeto recebido.

Um dos afilhados de Anastácia Socorro foi designado para fazer esse trabalho de amanuense. Na manhã das oferendas ele ficava ao lado de Emilie enquanto lhe beijavam a mão esquerda e recebiam comida à base de farinha de trigo integral. Expedito Socorro anotava o nome da pessoa e a origem da lembrança; o papelzinho era colado no objeto, e durante meses Expedito se ocupava em colar etiquetas e classificar os presentes, juntando-os em famílias de animais e ainda especificando o tipo da madeira (uma arraia de angelim, um tucano de pau-brasil, uma anta de itaúba), e das plumas de pássaros e sementes de frutas que ornavam os colares e brincos. Não foi por outro motivo que Expedito conseguiu mais tarde um emprego no correio, na seção destinada à triagem de correspondência por setores da cidade, pois sua experiência de anos na tarefa de anotar e classificar dotara-o de uma habilidade impressionante no manuseio de papéis escritos e circulatórios. Para ficar em paz com as Irmandades religiosas, Emilie doava as frutas que recebia aos montes. Com o tempo, meu pai passou a ironizar essa festa de benevolências, e dizia: "Praticam uma filantropia curiosa: tiram dos pobres para dar aos pobres". O velho já não escondia sua irritação naquele dia agitado do ano. Recusava-se a permanecer na casa alegando falta de sossego para fazer a sesta, e, no íntimo, talvez desejasse que aqueles pássaros milagrosos atirassem pedras na multidão de cristãos. Emilie vingava-se dessas chacotas incursionando ao depósito da Parisiense, de onde retirava retalhos de algodão e peças de chitão para doar às Irmandades. Eu mesmo fui cúmplice dessas incursões que consistiam em roubar o que nos pertencia. Ao notar a minha surpresa e o meu temor, ela se justificava dizendo que apreciava a loja e os tecidos porque os bens materiais lhe permitiam assistir aos necessitados desse mundo. Mas esse ato caridoso, festejado com as pompas de quem comemora o dia de uma Santa Padroeira, começou a ofuscar-se desde a morte trágica de Soraya Ângela. Emilie já não podia mais suportar ou fingir desprezar esse tipo de artimanha implacável da fatalidade que abala um cristão ou um crente qualquer, e que se manifesta através de um paradoxo inexplicável: a devoção fervorosa é minada por uma maldição, por um evento atroz e irreparável como a perda de um ente querido, e até mesmo a generosidade e a caridade cultivadas há décadas são ameaçadas por esse evento, como se a região mais obscura do céu despejasse sobre a casa devota um castigo imprevisível, absurdo, mas inevitável, fazendo do servo do Senhor uma sombra frágil e impotente perseguida pelo Demônio. Por isso, Emilie, mais que meu pai, andava meio desanimada e passiva diante da vida, sobretudo nos nossos últimos anos de convívio. Parecia vegetar num tempo sem tempo, e alegava aos amigos que a rotina do dia a dia, tão fastidiosa quanto a inatividade de um paralítico ou de uma pessoa mutilada, ensombrecia a própria vida.

Eu não procurava as causas do seu desânimo. Teria sido uma busca impossível, pois vivíamos entregues a um apego mútuo, e qualquer sintoma de abalo e de lassidão que tomava conta de um logo contaminava o outro. Essa contaminação de angústias, a minha idolatria por Emilie, a sua intromissão na minha vida, tudo se acentuava pelo fato de eu compreender quando ela falava na sua língua. Porque, ao conversar comigo, minha mãe não traduzia, não tateava as palavras, não demorava na escolha de um verbo, não resvalava na sintaxe. E eu sentia isso: cheia de prazer, soberana, desprendida de tudo, ela podia eleger os caminhos por onde passa o afeto: o olhar, o gesto e a fala. Quando lhe comuniquei diante dos outros irmãos a minha decisão de ir embora daqui, ela expressou sua surpresa com uma torrente verbal que só nós dois entendemos. Percebi que alguma perversão havia na sua atitude. Indefesos, atordoados, quem sabe nos odiando, meus irmãos foram excluídos, banidos do pátio. E eu pensava: ensinou a mim e a nenhum outro, para sermos confidentes, para ficarmos sozinhos na hora da separação. Ela não falava para proibir, condenar ou censurar, mas para que eu sentisse com toda a intensidade, como uma explosão detonada só dentro de mim, a dor da separação. Naquele início de tarde, contrariando o hábito sagrado da sesta, ela não cedeu ao sono. Esperou os dois filhos subirem para o quarto e, a sós comigo, entregou-se de vez à cantilena da despedida. Às vezes emudecia, debruçava-se sobre meu corpo, com a ponta dos dedos contornava meus olhos; alisava-me as sobrancelhas e os pômulos, cerrava meus olhos triscando a pele do dorso da mão nos meus cílios, e juntando os cinco dedos da mão que me acariciava, repousava-os no seu coração. Depois se afastava lentamente, sem desviar os olhos de mim. Eu aspirava o ar denso do mormaço impregnado por um bafo de almíscar e, quase esvanecido, entregava-me à dolorosa sensação de uma saudade antecipada, imaginando-me a bordo de um navio que não mais retornaria a essas águas. Uma única vez levantou-se para ir à cozinha. Ao voltar, com uma jarra de suco de frutas e uma bandeja com pistache, amêndoas, gergelim e figos, não pudemos esconder nosso embaraço ao perceber que ambos tínhamos os olhos avermelhados e a voz alterada pela emoção.

Foi uma tarde inteira de promessas e confidências entremeadas de chamegos e risos. Mas, quando ríamos, era a vida mesma que parecia interromper seu curso, porque era um riso convulsivo, engrolado, quase nefasto. Os pedidos que lhe fiz foram cumpridos à risca. Ela convenceu meu pai de que eu devia continuar meus estudos no outro lado do país, e que para isso era necessário enviar-me uma mesada cuja quantia ela mesma estipulou. Nunca me escreveu uma linha, mas trocávamos fotos por correspondência, sabendo ser essa a única maneira de preservar uma idolatria à distância. A última frase que me disse no finzinho daquela tarde (antes que a casa mergulhasse na azáfama do crepúsculo com a chegada de parentes e amigos que participavam do jantar e da jogatina ao redor do narguilé) foi: "Guardo dentro de mim teus olhos". Enviou-me fotografias durante quase vinte e cinco anos, e através das fotos eu tentava decifrar os enigmas e as apreensões de sua vida, e a metamorfose do seu corpo. Soube da morte do meu pai ao receber uma fotografia em que ela estava sentada na cadeira de balanço ao lado da poltrona coberta por um lençol branco, onde meu pai costumava sentar-se ao lado dela nas manhãs dos domingos e feriados. No dedo da mão esquerda vi dois anéis de ouro, e os olhos negros brilhavam por trás do véu de tule que escondia a metade do rosto. Foi a penúltima fotografia enviada por ela, há uns oito anos. Pouco tempo depois da morte do meu pai, recebi as duas últimas, no mesmo envelope; numa delas, via-se no primeiro plano o seu rosto ainda sem rugas, com a cabeça envolta por uma mantilha de fios prateados; talvez por causa da intensidade do *flash* ou da profusão de chamas das velas e círios que ondulavam em volta de seu corpo, a mantilha e as mechas de cabelos se espalhavam sobre a testa e escorriam nos ombros como folhas de cardo fosforescentes. Era um rosto suavemente maquilado, e na sua expressão conviviam a serenidade implacável e a postura soberana dos rostos esculturais das santas embutidas em nichos com tampa de cristal, perfilados nas laterais da nave da igreja cujas portas se abrem para o porto e são iluminadas pelo sol da manhã. O rosto de minha mãe e os das santas, os círios, as chamas e os nichos, tudo aparecia com um esmero assombroso de detalhes. Datada de 5 de junho, a única foto colorida que me foi enviada veio emoldurada num retângulo de papel Schoeller de textura marmórea, e levava no ângulo inferior direito a marca-d'água do laboratório fotográfico dos irmãos Kahn.

A outra fotografia, tão diferente daquela, enquadrava Emilie no centro do pátio cercado por um jardim de Delícias. Quase tudo naquela imagem me remetia à tarde já remota em que lhe anunciei minha decisão de partir. Identifiquei o mesmo vestido de seda pura com florões negros bordados à mão, que se ajustava ao seu corpo ainda esbelto, e também ao luto que lhe impunha a morte recente do marido. Sentada na mesma cadeira de vime, ladeada por uma cadeira idêntica em cujo espaldar me recostei para sentir a fragrância do almíscar, eu contemplava aquela imagem como quem contempla o álbum de uma vida, construída de páginas transparentes, tecidas durante um sonho. Ao olhar para a foto, era impossível não ouvir a voz de Emilie e não materializar seu corpo no centro do pátio, diante da fonte, onde fios de água cristalina esguicham da boca dos quatro anjos de pedra, como as arestas líquidas de uma pirâmide invisível, oca e aérea. Se eu não tivesse olhado para aquela fotografia, poderia abstrair todas as outras, fechar os olhos a todos os retratos enviados para mim ao longo de tantos anos, ou simplesmente recordar através das imagens algo fugidio, que escapa da realidade e contraria uma verdade, uma evidência. Porque era a revelação de um momento real e de uma situação palpável o que mais me impressionava na fotografia. Sentia-me ali, juntinho de Emilie, ocupando a outra cadeira de vime, atento ao seu olhar, à sua voz que não me interrogava, que aparentava não relutar que eu fosse embora para sempre. A voz e a imagem me fazem recordar um mundo de desilusões, onde um rosto sombrio se cobre com um véu espesso enunciando uma morte que já iniciara. Ela falava para desvelar este véu tecido há muito tempo, e que pouco a pouco foi se alastrando na sua vida. E o rosto na fotografia parecia revelar as decepções, os tropeços e o sofrimento desde o momento em que Emilie descobriu o relevo no ventre da filha, antes que Samara Délia o descobrisse. Negou durante três ou quatro meses, sem acreditar no outro corpo expandindo-se no seu corpo, até o dia em que não pôde mais sair de casa, até a manhã em que acordou sem poder sair do quarto. Viveu cinco meses confinada, solitária, próxima demais àquele

*94*

alguém invisível, à outra vida ainda flácida, duplamente escondida. Só Emilie entrava no quarto para visitá-la, como se aquele espaço vedado fosse um lugar perigoso, o antro do contágio, e da proliferação da peste. E, na noite em que nasceu Soraya, a casa toda permaneceu alheia aos gemidos, ao movimento das amigas que Emilie convocara para auxiliá-la no manejo de bacia e parches, entre vozes que rezavam. Durante semanas e meses, ninguém passou diante da porta do quarto, e o pequeno mundo da reclusão continuou a existir, vigiado, lúgubre, a vida crescendo em segredo, em surdina: um aquário opaco e sem luz dentro da casa, onde nenhum ruído ou gemido, nenhuma extravagância de sons denunciasse a presença dos dois corpos, como se mãe e filha tivessem renunciado a tudo, à espera da absolvição e do reconhecimento.

Emilie era a única pessoa que lhes permitia sobreviver. Demorou quase um ano para que os irmãos aceitassem a companhia velada de ambas, e às vezes esquecíamos por completo a existência dos dois seres alheios ao nosso convívio. Essa distância, essa invisibilidade acabaram por tornar-se um hábito; e a porta do quarto, sempre fechada, era uma vedação que bem podia encerrar entulhos ou objetos em desuso. Mas Emilie sabia que um dia, por força do hábito, da insistência em convivermos com algo recôndito, nós passaríamos a ser tolerantes. E, numa manhã, lembro que fui o primeiro a ver a criança engatinhando no pátio, perplexa, pálida, tateando um espaço desconhecido, estranhando a paisagem, os ângulos e o contorno da fonte, e abismada com a presença de tantos animais. Ela parava diante de ti, tocava o teu rosto, os teus cabelos, e olhava para Emilie e para minha irmã, como se lhes perguntasse de onde havias surgido. Tu tinhas quatro anos, e devias ter perguntado a mesma coisa, como realmente o fizeste dias depois, dirigindo-se a Samara Délia, indagando-lhe por que ela tinha ido embora, e se havia notícias daquela mulher que morava fora e só vinha te visitar uma vez na vida e outra na morte. Encontrar uma resposta ou uma mentira causou certo embaraço a Samara, e antes que esta falasse, Emilie te suspendeu e te aconchegou ao colo e no

teu ouvido soprou umas palavras; tu olhaste a criança com curiosidade, riste, e quando Emilie te soltou tu correste e pegaste na
mão de Soraya. Vi vocês duas rumando ao encontro dos animais, das gárgulas, dos embrechados e da almácega, até sumi-
rem entre os tajás brancos e as avencas. E ali, durante as manhãs, vocês se perdiam, encavernadas até o meio-dia, hora em
que meus irmãos acordavam e Emilie ia atrás de vocês, para
acompanhar Soraya Ângela ao quarto onde minha irmã a esperava. Só dois anos depois, quando tua mãe veio a Manaus com
um bebê no colo para que Emilie criasse, tu entendeste. Já antes devias desconfiar, pois do jogo de palavras, do parco fraseá-
do, só tu participavas; então choravas pensando que fosse des-
prezo da outra, ou que o seu mutismo fosse um facho de feitiço
para te imobilizar, te encantar, como alguém diante de algo que
nunca viu e teme a surpresa do que será visto. Mas não era des-
prezo nem feitiço tu descobriste antes dos adultos, perguntando a todos "por que a criança nunca fala, por que não responde
quando falo com ela". Pareceu absurdo à minha irmã que uma
criança observasse e constatasse o que ela relutava em aceitar.
Porque nas tuas perguntas a entonação era de alguém que afirmava, e a mãe sentia que o segredo de uma "anomalia" de um
"desvio de nascença", não era mais possível dissimular. Ela
proibia o contato da filha com as outras crianças e com as visitas da casa, e restringia o seu espaço vital aos fundos da casa e
ao quarto.

Lembro que nos dois primeiros anos ninguém, salvo Emilie, podia tocá-la. E uma vez, ao tentar aproximar-me dela, um
grito repentino, quase um descuido, imobilizou-me. Não era
um grito de advertência, proibição ou hostilidade; parecia antes
um desabafo, o que dilacera, um rugido de vergonha. Afas-
tei-me da criança e notei que ela não tirava os olhos de mim,
estranhando talvez meu recuo, minha covardia por não lhe ter
tocado o rosto; e aquele par de olhos, enormes, negros, bem
juntos, que diminuíam ainda mais seu rosto pequeno, aquele
olhar queria atrair, tatear o outro; ampliar o contato com o
mundo. Parecia um olhar fatigado de um corpo fustigado pela

*96*

repetição, pelo círculo fechado de monotonias: o quarto, as duas mulheres, os fundos da casa, as duas crianças; restava-lhe o olhar e os movimentos ainda acanhados do corpo; o olhar tentava resistir a essa monotonia, à vida interrompida no meio do dia, porque uma noite precoce a envolvia no início da tarde, quando a vida (o olhar) se encerrava entre quatro paredes. De longe, eu a observava algumas vezes, sozinha no meio do pátio. Esquecida de tudo, deitada sobre o solo de ardósia, ela mirava detidamente um dos anjos de pedra. Seu olhar detinha-se numa das mãos abertas de um corpo talhado com esmero, ligeiramente inclinado para a frente, equilibrado na ponta de um pé. Das quatro esculturas idênticas ela elegera uma só, e o seu fascínio concentrava-se ali, na extremidade do corpo tingido de açafrão, nos dedos separados de uma mão espalmada entre a cabeça da criança e a da escultura. Desde o dia que ela conseguiu ficar de pé, a cabeça passou a roçar a mão da estátua: os dedos de pedra bem próximos aos olhos, ao olhar hipnotizado do corpo plantado sozinho no quadriculado vermelho do piso. Sozinha, mas sem abandono, ela repetia a quietude da pedra, talvez procurando no anonimato da matéria esculpida um nome qualquer; não um nome morto, antes um nome esquecido ou perdido, incrustado em algum recanto da estátua. Toda uma manhã se esvaía nesse tênue contato: o encontro do olhar com a mão. Eu presenciava os dois corpos sem poder alcançá-los, pois de algum lugar do pátio a mãe os vigiava, atenta, até o momento da separação. Os olhos se afastavam da mão, e a criança, suspensa, presa aos braços da mãe, não esperneava nem resistia ao movimento inesperado que a sequestrava do diálogo surdo.

Foi uma cena repetida muitas vezes; eu mirava os dois corpos inseparáveis, indagando para mim mesmo por que ela escolhera aquela estátua entre as outras, esquecendo tudo ao seu redor (o jardim, os animais, a água da fonte, vocês) quando se encontrava ali, as duas sombras paralelas encurtando vagarosamente até se tornarem uma mancha menor que a mão de uma boneca e sumir de vez. Quase sem perceber, como a menina atraída pela mão da estátua, ou a mão magnetizada pelo olhar da menina, eu me deixava levar por esse jogo de presenças e ausências entre a mãe e a filha. Passava manhãs a observar o movimento no pátio, e inclusive fotografei Soraya Ângela, uma só vez, de longe.

Também acontecia de eu renunciar ao sono, vigiando momentos da noite, a fim de desvendar não sei o quê. Nas noites das quartas e sábados notava a ausência de Samara Délia; ela desaparecia do quarto, da casa, como alguém que se oculta, e só regressava muito tarde. No fundo da noite embreada eu escutava os passos e o ruído metálico da chave destrancando a porta do quarto; havia um cuidado esmerado para que os passos e o giro da chave na fechadura fossem imperceptíveis; mas no meu quarto, contíguo ao dela, era possível captar ou intuir o ruído ou seu eco. Imaginava-a dentro do quarto, andando de um lado para outro, parada entre a cama e a janela, ajoelhada diante da filha; imaginava tantas situações para não escutar, para evitar a escuta. Porque o choro contamina. O ruído do choro sempre transpassa a parede: anteparo frágil, vulnerável à dor do desespero. Então compreendi por que nas manhãs das quintas e domingos seu rosto envelhecia, como se o sono da noite fosse um confronto com uma impossibilidade, com uma situação insolúvel ou trágica. Imaginava-a chorando aos prantos, e que ela se permitia a isso dentro do quarto porque, para a filha, a dor do desespero só podia ser visível: o rosto contorcido, convulso, os olhos dilatados ou engolfados pelo rosto, as mãos emaranhadas nos cabelos; ou então o choro sem máscaras, para não alterar o relevo do rosto, e assim deixar Soraya Ângela perdida no sono, arrastada por um pouco de morte, vítima do silêncio das noites e dos dias. Soube depois que as fugas noturnas de minha irmã terminavam na igreja e que Emilie a aconselhara ser devota e casta para o resto da vida.

— Porque só assim tu te eximes de uma culpa que pode te corroer da cabeça aos pés — disse minha mãe.

Depois de um certo tempo minha irmã começou a rezar para que a filha se parecesse com ela. Desde o nascimento de Soraya Ângela, a mãe passava horas mirando os traços do bebê, como se o olhar insistente fosse capaz de alterar uma fisionomia, de corrigir um traço do rosto e torná-lo idêntico ao da pessoa que dirige o olhar. Também havia essa busca de um mimetismo que consiste no convívio epidérmico entre duas pessoas: elas colavam a face dos rostos, como alguém que junta duas mãos para orar ou meditar.

Lembro a primeira vez que Samara Délia abriu a boca na minha presença, para comparar os cabelos, os olhos e os lábios da filha aos seus. "E se um dia minha filha falar, tenho certeza que a voz dela será igualzinha à minha", disse olhando para o chão, pensativa. Achava que era cedo demais para minha irmã traçar afinidades físicas com a filha. Porque o corpo, o rosto e mesmo a voz de Samara Délia ainda se moldavam. Devia ter quinze ou dezesseis anos quando ficou grávida: era uma menina que brincava de boneca contigo, trepava nas árvores para colher frutas, e fazia estrepolias que animavam a vida da casa. Nada disso permaneceu após o nascimento da filha. Além de uma brusca interrupção da adolescência, comecei a reparar na mãe certos traços da filha. Minha irmã parava subitamente no meio do pátio e fixava os olhos em algo; e essa expressão meditativa e extasiada aproximava muito uma da outra. Só mais tarde é que as afinidades físicas se evidenciaram. Então, uma pôde se reconhecer na outra.

Foi nessa época que elas saíram juntas pela primeira e única vez. Pareciam guiadas pelo medo. Caminharam de mãos dadas, esquivando-se das pessoas, evitando encarar os raros transeuntes que se expunham ao sol ardente do início da tarde. Os vizinhos apareceram nas janelas e Samara Délia se protegia dos olhares inclinando uma sombrinha vermelha que lhe tapava o rosto. Às vezes movia os lábios, curvando a cabeça, fingindo conversar, mas as palavras só chegavam aos ouvidos da outra por meio de sonhos ou pesadelos. As duas caminhavam juntas demais, e uma encurtava os passos para seguir os da outra; do terraço da fachada eu as vi desaparecer, sob um invólucro vermelho que as protegia do sol e as tornava acéfalas. Aquele par de corpos, minguado ainda mais pela distância, iria expor-se pela pri-

*99*

meira vez aos olhos da cidade. Foi a última visão de Soraya Ângela, viva. Vestia branco e as tranças feitas por Emilie escorriam sobre as costas, presas por um laço vermelho. Reparei também no escaravelho de madrepérola, enganchado na gola de sua blusa de organdi. Não sei de quem ganhara o broche, mas este objeto, como quase tudo que se lhe apresentava de novo, era contemplado por ela. Quando as duas saíram do quarto, Soraya Ângela olhava de viés para o broche, o queixo colado ao ombro, e aquele olhar, de olhos quase tangentes, dava a impressão de estar voltado para ela mesma. Assim a vi de frente pela última vez; pouco depois, já na rua, as duas foram se esvanecendo, trilhando o rumo do único passeio.

Na manhã seguinte tu irrompeste no meu quarto e balançaste a rede; demorei a abrir os olhos e reparar que levavas na mão direita uma cesta cheia de flores e ainda não choravas nem gritavas, apenas te inquietavas com o meu sono, essa atonia com o mundo quando a gente se desperta. Eu sempre pensava que ao entrar no quarto querias ouvir histórias e folhear livros de gravuras, mas sempre te acompanhava o teu irmão e não tinhas no rosto os olhos que fazem esquecer um rosto. Então perguntei por teu irmão e me respondeste "ela, a menina, a prima". O teu corpo começou a tremer, remexeste nervosamente no fundo da cesta, e dos teus olhos jorraram flores quando os cobriste com as mãos. Então o balbucio, a meia-voz, a impossibilidade de pronunciar o nome: a menina, ela, a prima, só essas palavras saíam da tua boca; saltei da rede e entrei no quarto vizinho, que estava deserto: o silêncio entre quatro paredes de penumbra. Ao sair do quarto fui atraído por um ruído, uma confusão de vozes, buzinas, uma gralhada. Corri até o terraço, vi o clarão no meio da rua, e no centro dele Emilie ajoelhada diante do corpo envolto por um lençol. Não havia mais nada a fazer: o corpo sequer agonizava, e diante de um corpo sem vida não há de que se lamentar. Envolve-nos uma espécie de inconformismo e impotência, e eu pensava em algo a fazer, percorrer o corredor e acordar meus irmãos para dizer à queima-roupa, talvez com uma ponta de rancor, que a menina estava no meio da rua, estraçalhada.

Bati à porta do quarto onde dormiam, comuniquei o sucedido sem esperar qualquer reação, porque, se não tinham sido sensíveis à vida, não o seriam à morte. Ou se fossem, não me interessava. Ao passar diante do meu quarto notei que estavas deitada na rede, acuada, teus olhos fechados, as flores espalhadas no assoalho, e teus braços sumiam dentro da cesta. E quando desci encontrei Emilie na guarita do telefone, com o teu irmão ao colo manuseando a boneca de pano. Emilie me olhou com uma placidez no rosto, mas suas mãos tremiam e ela falava muito alto. Repetiu várias vezes a mesma frase, e o olhar, mais que a voz, fez-me saber que falava comigo: que enviasse Anastácia Socorro à Parisiense para chamar minha irmã e meu pai. Perguntei se não devíamos providenciar uma ambulância e levar a menina ao hospital.

— Os daqui morrem em casa, não nos hospitais — disse com uma voz ríspida. Depois me pediu para que eu cerrasse as portas da Parisiense e providenciasse uma tarja negra, de cetim, sem que meu pai se inteirasse disso.

Ele e Samara Délia trabalhavam juntos há algum tempo, e essa concessão foi um dos gestos de clemência vindos do meu pai. Na Parisiense trocavam poucas palavras, e quando ia visitá-los percebia um quê de inquietação em ambos. Ele me conduzia ao pequeno corredor entre as vitrinas e sussurrava "já cumprimentaste tua irmã?", "as crianças estão em casa?". Aludia certamente ao teu irmão, a ti e a Soraya Ângela, os três "netos" que ele tinha como filhos.

Logo que Soraya Ângela veio ao mundo, ele afastou-se dela e desprezou-a como se fosse um espectro ou um brinquedo maldito. Com a presença cada vez mais assídua da criança, o espectro tomou forma, e o brinquedo, mesmo maldito, passou a atrair, a cativar. E uma intimidade discreta cresceu entre os dois. Porque não muito antes de morrer, a menina preparava o narguilé e servia pistache e amêndoas após o café. E certa vez interpelou a empregada para retirar-lhe das mãos as alparcatas que ela mesma fez questão de levar ao avô. Ele agradecia, um pouco tenso e acabrunhado, e dizia a Emilie, com cuidado para não ser ouvido: "Até que ela não é má. E tem os olhos parecidos aos teus". Com o passar do tempo permitiu, e até exigiu, que mãe e filha sentassem à mesa para almoçar, e sorria quando a menina imitava as cenas vistas lá fora, ao retomar dos nossos passeios. Essa complacência do meu pai encolerizava ainda mais meus irmãos, que eram obrigados a engolir a raiva e a dissimular o riso com aquela expressão apalermada e doentia dos que não conseguem extravasar nem a cólera nem o cômico. Soraya Ângela percebia isso; percebia que era uma presença indesejável, e esta era sua arma, seu triunfo. Pouco a pouco ela foi ocupando o espaço da casa, atraindo os olhares, não pelo movimento e sim pelo imobilismo do corpo: plantava-se diante de um objeto (a estátua da fonte, o relógio da sala) e esquecia tudo, todos, esquecida talvez de si mesma. O curioso é que ninguém conseguia ficar indiferente a isso. Às vezes, tinha a impressão de que ela se fixava em algo para que fosse observada com insistência. Em algumas pessoas ela despertava rancor; em outras, impaciência. Em mim, um certo fascínio e uma curiosidade desmesurada em querer filtrar os traços do seu rosto que me levassem a identificar seu pai. Nem Emilie conseguiu arrancar da filha este segredo, que permaneceu inviolável como uma caixa escura perdida no fundo do mar. Lembro que uma parte da adolescência dos meus irmãos foi dedicada a essa perquirição. Chegaram até a insinuar que os cabelos clareados da menina podiam ser fruto das frequentes visitas que eu e Samara Délia fazíamos a Dorner. Ao tomar conhecimento disso, ele se afastou da vida do sobrado. Numa das cartas que me enviou da Alemanha, alude ao fato, dizendo que na província a calúnia é cultuada como uma deusa. "É o que há de mais inventivo na vida provinciana", escreveu Dorner. "Além de ser a única opção para que os idiotas resistam ao tédio. Por isso, não seria um disparate afirmar que os idiotas também inventam."

Mas a invenção irmanava-se à ação. Eles vasculharam todos os lupanares do centro da cidade, indo de porta em porta, mostrando a fotografia de Samara às velhas cafetinas que mantinham bordéis no baixo meretrício, querendo saber se conheciam a novata, a tresloucada, a irmã erradia que tinha escapulido da casa paterna, e como resposta ouviam gargalhadas estardalhantes, sentiam beliscões no braço, e, pensando que estavam sendo ludibriados, subiam aos quartos e sempre com a fotografia nas mãos perguntavam às meninas de doze anos se tinham visto alguém parecido, mas nenhuma pista, nada, ao menos naquelas casas do centro. Muitas vezes saíam à noitinha e só voltavam na manhã do dia seguinte, e entravam no sobrado trançando as pernas, gritando com Emilie e com a empregada, esquadrinhando o quarto de Samara Délia, pensando encontrar algum vestígio de uma noite suspeita. Também vasculharam os bordéis embrenhados na floresta, e um dia, chegando de manhãzinha com duas mulheres num calhambeque, começaram a buzinar e a bater palmas na porta da casa, e logo que Emilie apareceu no pátio superior perguntaram aos berros se podiam dormir com as duas mulheres no quarto da irmã. Emilie perdeu a compostura. Desceu as escadas e saiu de camisola rendada com a chinela na mão e partiu para cima dos filhos e das duas mulheres, gritando "sem-vergonhas", "bando de arruaceiros", que dormissem no mato com as cadelas. Depois bateu o portão na cara deles, trancou as portas da casa e subiu a escada resmungando, quase afônica: "Nunca imaginei que fosse conhecer o inferno ainda viva".

Meus irmãos tinham ficado atônitos e desesperados com a saída de Samara Délia, que decidira morar sozinha, escondida e longe de todos. Só Emilie e meu pai sabiam onde ela morava. Alguns dias antes de viajar, pedi à minha mãe que me levasse à presença de Samara, pois queria conversar a sós com ela. Emilie concordou. Num domingo à noite saímos os dois e andamos por um caminho já conhecido até pararmos diante da Parisiense. Não sabia o que íamos fazer na loja numa noite de domingo: imaginava que Emilie quisesse pegar alguma coisa para levar à filha. Entramos, e, ao acender a luz, lembrei-me da atmosfera quieta das tardes dos sábados: a luminosidade embaçada envolvendo os enormes cubos de cristal e os mesmos objetos (tecidos, leques, frascos de perfume) arrumados nas prateleiras: um ambiente que te faz recordar fragmentos de imagens que surgem e se dissiparn quase ao mesmo tempo, numa tarde desfeita em pedaços, ou numa única tarde que era todas as tardes da infância.

Não imaginava que Samara Délia morasse naquele aposento onde Emilie se confinava após nossas conversas. Era um lugar espaçoso, não tanto pela dimensão, mas por encontrar-se quase vazio e todas as paredes serem brancas. O pé-direito, altíssimo, te faz esquecer a existência de um teto, e dá menos peso, menos presença a um corpo estirado numa cama pequena. Ela estava cabisbaixa, e ao erguer a cabeça vi a tristeza que se vê nos rostos sem expressão. Logo que Emilie saiu, minha irmã se levantou e veio cumprimentar-me. Era como se eu abraçasse e beijasse alguém estranho e também muito íntimo, como se a mesma pessoa se desmembrasse na irmã de uma época remota e na mãe de uma época mais recente. Por alguns minutos não falamos nada. Então, aproximei-me de uma mesa onde havia um caderno aberto, um calendário, e a fotografia em que Soraya Ângela posava (ou repousava) ao lado da estátua. Ela notou que eu olhava para a foto.

— É a única imagem que restou dela — disse, e essa frase foi o preâmbulo de uma conversa não muito longa. Ela falava com cuidado e melindre. Primeiro perguntou por Dorner e, quando lhe disse que pretendia viajar à Alemanha, quis saber o dia da partida, e se ele ia voltar. Depois desfiou alguns de seus enganos e desenganos, e disse que não mais se importava com a hostilidade dos irmãos.

— A perseguição, os insultos e as ameaças eram formas de me punir; depois virou um passatempo de imbecis — desabafou.

Na verdade, o que mais a atormentara fora a impossibilidade de conversar com a filha, mas, durante o tempo em que viveram enclausuradas no quarto, minha irmã não se lamentou nem se condoeu. No segundo ano, quando as duas desceram juntas para habitar a casa, a mudez definitiva surgiu como um estigma. Antes existia o choro, mas o choro é a voz de quem ainda não fala. Depois, só a mímica, os lábios em movimento, o rosto devastado por contorções, à espera da primeira palavra, dos primeiros sons que evocassem a vida. Nos últimos meses da

*104*

vida de Soraya Ângela, minha irmã despertava em plena noite, ouvindo vozes, conversas; mas ao seu lado via a criança dormindo de bruços, quieta. Na Parisiense continuou a sonhar, só que agora sonhava que conversavam juntas, e num sonho breve a criança falava sozinha enquanto a mãe ouvia, incapaz de falar alguma coisa.

— Sinto todo meu corpo paralisado — confessou. — Agora tento resistir ao sono para evitar os pesadelos.

Não ousei fazer perguntas. Prestava atenção ao que ela dizia, observando-a falar sem tirar os olhos da fotografia da criança ao lado da estátua. Lembro que fizera a foto de longe, e a ampliação oito por doze acentuava a distância, dissolvendo a nitidez dos rostos. A cor do açafrão do rosto de pedra transformara-se num cinza escuro que contrastava com o cinza mais sóbrio do rosto quase de perfil de Soraya Ângela. Essa imagem, que parecia sustentar a voz de minha irmã, era a última chispa de fogo que anima a voz do pecador, afastando-o do medo e da culpa que o envolveu a noite eterna.

Nesse encontro, o que mais nos exasperava eram os anos silenciosos, o tempo que vivemos alijados um do outro. Falar disso era um tabu, embora soubéssemos que esse longo desencontro nos marcaria para o resto da vida. Sabia que ela estava à espera de um comentário ou julgamento, e eu reagia consultando o relógio, fingindo estar com pressa. Fiz, então, uma reflexão que me ajudou a calar a ânsia de comentar um assunto que me desgostava: todo este tempo em que trocamos poucas palavras e alguns olhares acabou nos aproximando, pois o silêncio também participa do conhecimento entre duas pessoas. Talvez ela não quisesse mais falar nisso, e o fato de ter desviado os olhos da fotografia insinuava uma mudança de assunto.

Passei a observar o quarto, e constatei que a cama era a mesma em que ambas dormiam, juntas, no sobrado. O leito era o objeto comum às duas moradias, às duas vidas, às duas épocas. Ela voltou à cama, sentou-se, e permaneceu quieta, esperando um aceno, um sinal vindo de mim. Pela primeira vez nossos olhos se encontraram, e quantos pensamentos povoaram esse encontro, que não foi breve. Pensava: quem pode desenredar tantas lembranças confusas?! Porque na confluência de olhares misturavam-se cenas e sentimentos disseminados em épocas distintas: os passeios de bonde, os mergulhos na água gelada dos igarapés, os segredos de irmãos, o medo e o ciúme que se apodera de um ao ver que o outro se prepara para o primeiro baile; e sobretudo os risos de cumplicidade nas madrugadas em que acordávamos com rangidos de cama e vozes abafadas de corpos resfolegantes. Com o riso contido, saíamos do nosso quarto na ponta dos pés, atravessávamos o longo corredor e parávamos diante da porta do quarto dos pais; como duas sentinelas, vigiávamos às cegas, mas com uma imaginação ardente que dava piruetas, o que acontecia lá dentro do quarto. E sem parar de rir (uma das mãos tapava a nossa boca e a outra apertava a mão do outro), encostávamos a cabeça na porta para captar não mais a crepitação do leito e sim um ciclone de risos e estrondos: um circo em chamas no coração da noite. Dali não arredávamos o pé enquanto perdurasse o ímpeto dos corpos acasalados. O silêncio tardava a chegar, e às vezes não chegava nunca: o sono vencia a nossa curiosidade, e regressávamos ao quarto como dois sonâmbulos tateando as paredes do corredor, e acordávamos com as palmas e os passos de um corpo vigoroso que parecia ter dormido três noites seguidas.

Lembro-me de que um dia, numa conversa em que os adultos citavam a lua de mel de Esmeralda e Américo, Emilie comentou:

— Isso não existe, o mel do amor perdura na velhice e só acaba na morte.

Até a véspera de minha viagem para o sul ela fez jus ao comentário. Padeceu com a morte de parentes e as agruras da família inteira, mas sempre fez das noites uma festa de prazeres que contaminava todos os aposentos das duas casas em que morou, sem se preocupar com o que iria dizer ou pensar o filho do quarto vizinho ou a empregada do quarto dos fundos, de modo que, se o enfado e o esmorecimento deixavam-na sem forças como uma badana, as noites de amor devolviam-lhe o viço e a

*106*

gana de viver. E, assim, eu e minha irmã descobrimos que os pais eram extravagantes no desentendimento e no amor.

A nossa cumplicidade, que parecia ser um atributo da noite, vinha à tona quando a memória percorria as águas da infância. Pensava: o que sobrevivera daquela outra pessoa, ainda criança? Um resíduo daquela época era visível no olhar dela, mas o sorriso e os trejeitos haviam sumido, e a voz também mudara; pausada, serena sem ser austera, a voz perguntou, afirmou: "Tu mandaste fazer as flores de organdi, tu ou os outros: quem?". Eu não sabia quem lhe enviara a coroa de flores imitando orquídeas, finamente bordadas, para cobrir a cabeça de Soraya Ângela. Minha irmã pensava nisso. Ela tentava desvendar uma teia de enigmas e eu não podia reiterar o que para mim era duvidoso; tampouco me interessava alimentar suspeitas. Deixei a pergunta no ar, até que o silêncio a apagasse. Percebi que ela estava ansiosa e inconformada diante da minha atitude esquiva. Eu, que tinha ido conversar com ela, quase não abrira a boca. Enfim, já disposto a ir embora, perguntei por que viera morar na Parisiense, onde tudo eram sombras do passado.

— Do teu passado, não do meu — disse com precipitação. — Toda minha vida foi abandonada na outra casa, no quarto onde penei durante anos. Decidi morar aqui porque o silêncio do meu pai é terrível, é quase um desafio para mim.

— Ele não conversa contigo? não te diz uma palavra? — perguntei.

— Fala comigo como se falasse com um espelho, e passa horas lendo o Livro em voz baixa. Mal escuto a voz dele e não compreendo nada do que é possível escutar. Tenho a impressão de que ele lê para me esquecer.

Ela se levantou e acompanhou-me até a porta. Tinha os olhos um pouco úmidos, e com a mesma voz serena disse que teria preferido ser anarquizada e esbofeteada por ele.

— Nada me fere mais que o silêncio dele — desabafou antes de chorar, e dando-me o abraço de despedida. Já não era mais um corpo de adolescente que me abraçava."

# 6

"**MENOS DE QUINHENTOS METROS** separavam a casa onde nossa mãe morava da de Emilie. Ao longo dessa breve caminhada, impressionou-me encontrar certos espaços ainda intactos, petrificados no tempo, como se nada de novo tivesse sido erigido. Nenhuma parede ou coluna parecia faltar às construções mais antigas; os leões de pedra, o javali e a Diana de bronze permaneciam nos mesmos lugares da praça, entre as acácias e os bancos onde as pessoas sentadas ou deitadas contemplavam as telhas de vidro do coreto e os répteis rumando à beira do lago, atraídos pela sombra das garças e jaburus que dormiam ou fingiam dormir, equilibrados por hastes finíssimas que sumiam na água. Num dos bancos, a meio caminho do coreto e das duas gigantescas sentinelas de bronze, os irmãos sicilianos costumavam palrear um de costas para o outro, até se levantarem ao mesmo tempo, e, sem interromper a charla, caminhavam em sentido contrário, escoltados por uma matilha de cães esquálidos. Tinham a cabeça bamba voltada para o chão, calçavam botas de campanha e vestiam sempre a mesma bombacha e uma camisa vermelha sem colarinho. Quem os seguisse durante a perambulação, podia constatar com um certo assombro que eles percorriam caminhos intricados, passando por ruelas desertas, irrompendo em casas em ruínas que rasgavam um quarteirão inteiro, e encontravam-se no fim da rua (e da cidade) diante de um muro de pedras rosadas onde todas as blasfêmias do mundo estavam escritas a cal e carvão. Depois, retomando por itinerários distintos, chegavam à praça no mesmo instante, sentavam no mesmo banco e retomavam uma conversa que começara sabe Deus quando. As costas de um serviam de apoio às do outro, e os cães lambiam suas botas, esgarçando-lhes o pano das calças, enquanto os soldados riam e chaco-teavam ao lado das estátuas metálicas.

Nada daquela época permanecia vivo na praça. Sim, os monumentos eram os mesmos, mas o banco ocupado pelos irmãos gêmeos parecia uma lápide abandonada. Nas árvores, no lago, na ponte e nos caminhos que circundam o espelho d'água, eu sentia falta da silhueta dos animais e do seu alarido inconfundível.

Quando cruzei o portão de ferro da casa de Emilie, também estranhei a ausência dos sons confusos e estridentes de símios e pássaros, e o berreiro das ovelhas. A porta da entrada estava trancada e, através do muro vazado, vi o corredor deserto que terminava no patiozinho coberto pelas folhas ressecadas da parreira e uma parte do pátio dos fundos. A casa toda parecia dormir, e foi em vão que bati à porta e gritei várias vezes por Emilie. Lembrei-me então das palavras da empregada: Emilie devia estar voltando do mercado, carregando a cesta repleta de peixes e frutas e legumes que numa manhã distante se espalharam sobre as pedras cinzentas que já foram cobertas pelo asfalto, deixando incerto o lugar onde o corpo da menina tombara. Fiquei alguns minutos ali perto do jambeiro, divagando, vencida pela indecisão. Sob a copa da árvore, passei a mirar as flores rosadas que cobriam os galhos, as frutas arroxeadas que apodreciam na grama, e senti falta do odor do jasmim branco, que os adultos chamavam Saman, o perfume de um outro tempo, a infância.

Decidi, então, perambular pela cidade, dialogar com a ausência de tanto tempo, e retornar ao sobrado à hora do almoço. Atravessei a ponte metálica sobre o igarapé e penetrei nas ruelas de um bairro desconhecido. Um cheiro acre e muito forte surgiu com as cores espalhafatosas das fachadas de madeira, com a voz cantada dos curumins, com os rostos recortados no vão das janelas, como se estivessem no limite do interior com o exterior, e que esse limite (a moldura empenada e sem cor) nada significasse aos rostos que fitavam o vago, alheios ao curso das horas e ao transeunte que procurava observar tudo, com cautela e rigor. Havia momentos, no entanto, em que me olhavam com insistência: sentia um pouco de temor e de estranheza, e embora um abismo me separasse daquele mundo, a estranheza era mútua, assim como a ameaça e o medo. E eu não queria ser uma estranha, tendo nascido e vivido aqui. Procurava caminhar sem rumo, não havia ruas paralelas, o traçado era uma geometria confusa, e o rio, sempre o rio, era o ponto de referência, era a praça e a torre da igreja que ali inexistiam. Passei toda a manhã naquele mundo desconhecido, a cidade proibida na nossa infância, porque ali havia duelo entre homens embriagados, ali as mulheres eram ladras ou prostitutas, ali a lâmina afiada do terçado servia para esquartejar homens e animais. Crescemos ouvindo histórias macabras e sórdidas daquele bairro infanticida, povoado de seres do outro mundo, o triste hospício que abriga monstros. Foi preciso distanciar-me de tudo e de todos para exorcizar essas quimeras, atravessar a ponte e alcançar o espaço que nos era vedado: lodo e água parada, paredes de madeira, tingidas com as cores do arco-íris e recortadas por rasgos verticais e horizontais, que nos permitem observar os recintos: enxames de crianças nuas e sujas, agachadas sob um céu sinuoso de redes coloridas, onde entre nuvens de moscas as mulheres amamentavam os filhos ou abanavam a brasa do carvão, e sempre o odor das frituras, do peixe, do alimento fisgado à beira da casa.

Após ter cruzado o bairro, seguindo uma trajetória tortuosa, decidi retornar ao centro da cidade por outro caminho: queria atravessar o igarapé dentro de uma canoa, ver de longe Manaus emergir do Negro, lentamente a cidade desprender-se do sol, dilatar-se a cada remada, revelando os primeiros contornos de uma massa de pedra ainda flácida, embaçada. Essa passagem de uma paisagem difusa a um horizonte ondulante de ardósia, interrompido por esparsas torres de vidro, pareceu-me tão lenta quanto a travessia, como se eu tivesse ficado muito tempo na canoa. Tive a impressão de que remar era um gesto inútil: era permanecer indefinidamente no meio do rio. Durante a travessia estes dois verbos no infinitivo anulavam a oposição entre movimento e imobilidade. E à medida que me aproximava do

*110*

porto, pensava no que me dizias sempre: "Uma cidade não é a mesma cidade se vista de longe, da água: não é sequer cidade: falta-lhe perspectiva, profundidade, traçado, e sobretudo presença humana, o espaço vivo da cidade. Talvez seja um plano, uma rampa, ou vários planos e rampas que formam ângulos imprecisos com a superfície aquática".

Demorou, na verdade, para atracarmos à beira do cais. O sol, quase a pino, golpeava sem clemência. Foi difícil abrir os olhos, mas não era a luminosidade que incomodava, e sim tudo o que era visível. De olhos abertos, só então me dei conta dos quase vinte anos passados fora daqui. A vazante havia afastado o porto do atracadouro, e a distância vencida pelo mero caminhar revelava a imagem do horror de uma cidade que hoje desconheço: uma praia de imundícies, de restos de miséria humana, além do odor fétido de purulência viva exalando da terra, do lodo, das entranhas das pedras vermelhas e do interior das embarcações. Caminhava sobre um mar de dejetos, onde havia tudo: casca de frutas, latas, garrafas, carcaças apodrecidas de canoas, e esqueletos de animais. Os urubus, aos montes, buscavam com avidez as ossadas que apareceram durante a vazante, entre objetos carcomidos que foram enterrados há meses, há séculos. Além do calor, me irritavam as levas de homens brigando entre si, grunhindo sons absurdos querendo imitar alguma frase talvez em inglês; eram cicerones andrajosos, cujos corpos mutilados e rostos deformados os uniam ao pântano de entulhos, ao pedaço da cidade que se contorcia como uma pessoa em carne viva, devorada pelo fogo. Paguei o catraieiro e escapei do vozerio, das súplicas, dos gritos que se confundiam com a voz estridente de um alto-falante invisível anunciando aos viajantes o movimento dos barcos, as origens e os destinos, e nomeando cidades estranhas com palavras estranhas, nomes aparentemente sem sentido e que a língua pena ao pronunciá-los, mas mesmo assim existem, não nos mapas, mas na vida das pessoas, pois evocam lugares habitados. A praia terminava numa aglomeração de barracas entulhadas de quinquilharias: um labirinto de madeira que se alastrava nas calçadas, nas ruas, na praça. Sobre caixas de papelão havia santinhos e escapulários, desenhos de um dragão verde lancetado pelo santo montado no cavalo, arraias e tucanos raiados pela textura da madeira, sucurijus em miniatura, tangas, pulseiras, colares e pingentes. No entanto, o que mais me atraiu foram as máscaras feitas com casca de árvore, enrugadas e ressequidas pelo sol, e finas como a pele humana. Acuadas no interior das barracas, as pessoas talvez não imaginassem que seus ancestrais, em épocas não muito remotas, tinham coberto seus rostos com máscaras semelhantes. Dilapidados pelo tempo e pela violência, os rostos e as máscaras pareciam pertencer aos mesmos corpos. Corpos indiferentes a tudo, até mesmo à curiosidade que podiam despertar os grupos de turistas circulando à procura de uma sombra ou empunhando objetivas com lentes possantes, para captar uma intimidade ilusória com a realidade.

Na parte mais elevada da praça em declive, e bem em frente da porta da igreja, uma cena rompeu o torpor do meio-dia. O homem surgiu não sei de onde. Ao observá-lo de longe, tinha a aparência de um fauno. Era algo tão estranho naquele mar de mormaço que decidi dar alguns passos em sua direção. Nos braços esticados horizontalmente, no pescoço e no tórax enroscava-se uma jiboia; em cada ombro uma arara, e no resto do corpo, atazanados com a presença da cobra, pululavam cachos de saguis atados por cordas enlaçadas nos punhos, nos tornozelos e no pescoço do homem. Quando ele deu o primeiro passo, pareceu que o arbusto ia desfolhar-se: os símios multiplicaram os saltos, a jiboia passou a ondular nos braços, e as araras abriam e fechavam as asas. Naquele instante os sinos repicaram anunciando o meio-dia, e os sons graves reverberaram entre alaridos, originando uma harmonia esquisita, um turbilhão de dissonâncias, uma festa de sons. Gostaria que estivesses ao meu lado, observando este trambolho ambulante que parecia explodir no centro da luminosidade branca, recortando a cortina de mormaço.

O arbusto humano ocupava todo o espaço da praça, atraía os olhares dos transeuntes, paralisava os gestos dos que cerravam as portas das lojas, e deixava estatelados os fiéis que saíam

*112*

da igreja fazendo o sinal da cruz enquanto se juntavam aos outros. Uma enxurrada de estudantes da faculdade de Direito desceu as escadarias, cruzou o portão e veio juntar-se aos turistas que já engatilhavam câmeras, e com os olhos no visor ajoelhavam-se, rastejavam, e trepavam nas árvores para surpreender o arbusto do alto: talvez, visto de cima, o homem desaparecesse, ou sua cabeça se confundisse com as cordas e os animais. Eu me deslocava, me aproximava e me distanciava dele, com o intuito de visualizar o rosto; queria descrevê-lo minuciosamente, mas descrever sempre falseia. Além disso, o invisível não pode ser transcrito e sim inventado. Era mais propício a uma imagem pictórica. Espátulas e tintas, massas de cores trabalhadas com movimentos bruscos e incisivos podiam captar algo que transparecia entre os cachos de cabelos e uma cortina de lianas que terminava no emaranhado de cordas; no resto corpo, quase não lhe sobrava espaço para a pele: a poeira, uma crosta de pó imundo formava uma espécie de carapaça parda, e a sua roupa, além dessa armadura de imundícies, consistia numa tira de estopa entre as pernas. Em vão procurei em algum recanto do corpo uma cuia, uma lata, ou qualquer recipiente para receber esmolas; mas não se tratava de um mendigo, ou ao menos, de um mendigo como os outros da cidade. Mesmo assim, os turistas insistiam: após um enquadramento feito de muito perto, tentando encontrar um ângulo para fixar a marcha do homem, lançavam-lhe moedas e cédulas: o preço para perpetuar a visão do estranho. Mas eram as crianças que se apressavam em catá-las, enquanto o homem continuava descendo, de braços abertos, coordenando um duplo movimento: o do corpo que avançava e o dos animais que se moviam no corpo. Ele foi se afastando da multidão, entre gargalhadas e blasfêmias, servindo de anteparo às bolas de papel, aos pedaços de pau e às pedras que atingiam os saguis, resvalavam na asa de uma arara ou estancavam no corpo da cobra: esses impactos sucessivos e surdos originavam uma tempestade de sons e uma lufada de grunhidos, como se fossem a única forma de protesto à chuva de dejetos que alvejava aqueles animais aprisionados numa jaula sem grade. A reação sonora desencadeava uma nova e impetuosa salva de arremessos, além de gargalhadas, insultos, ameaças. O homem diminuía a marcha, às vezes parava procurando o equilíbrio, todo ele trêmulo, mas confiante na sua firmeza, na fixação ao solo inclinado, como se cada passo dos pés descalços arrancasse uma raiz do fundo da terra. E o seu relutante equilíbrio engendrava nova saraivada de agressões a que outros aderiam: soldados, carregadores, vendedores ambulantes, pescadores. E, então, as lentes das câmeras volteavam, faziam piruetas, ciclopes circulando reluzentes, porque agora a multidão era quase tão estranha quanto o arbusto humano; de contemplado passara a perseguido, e depois agredido, castigado, a ponto de me amedrontar, não o homem, os animais, os saltos e serpenteios, mas a multidão insana, inflamada de ódio, sob o sol. Aquele estardalhaço andante infiltrava-se nas vielas formadas entre as barracas, meandros móveis, construídos, refeitos, alterados e destruídos a cada hora com o surgimento de novas tendas fixas ou ambulantes: mulheres e homens e crianças portando caixas e tabuleiros, tal um formigueiro alastrando-se na praça. A multidão passou entre as ruelas como uma avalanche, e curiosamente não detinha ou não queria deter a marcha do homem: parecia querê-lo vivo e em movimento com os animais, esperando que o andar se tornasse precário para que o conjunto móvel cambaleasse até o tropeço e o inevitável alvoroço da queda: os animais desmembrando-se do corpo, e o corpo sendo desmembrado pelos animais. Talvez fosse este o desafio e o limite da diversão; mas até onde pude acompanhar com os olhos, o homem continuou incólume, e já não era mais que uma mancha diminuta quando o vi galgar o talude de pedras vermelhas e esvanecer em seguida no lodaçal, já próximo aos barcos e à água. Uma muralha humana logo tomou conta do talude e formou uma nuvem movediça e densa por onde transpareciam recortes de quilhas e uma massa esverdeada e negra, meio difusa.

No horizonte despontou subitamente uma mancha acinzentada, contrastando com a lâmina d'água; em poucos segundos a mancha escureceu, confundiu-se com a superfície do rio, e aquele ponto tão distante dava a impressão de antecipar a noite em pleno dia, pois regiões esparsas do horizonte foram cobertas por blocos de nuvens aniladas. Uma rajada de vento morno formava redemoinhos de poeira e papel, e ameaçava a frágil arquitetura das barracas, que oscilavam com seus penduricalhos, provocando um corre-corre de pessoas antes invisíveis, que procuravam guardar máscaras e outros objetos expostos ao temporal; as passarelas erguidas sobre o lodaçal crepitavam com o alvoroço de pessoas correndo para tentar salvar frutas e verduras do toró que ia desabar.

Eu teria permanecido mais tempo no cimo da praça, observando o vaivém das pessoas e a brusca metamorfose do espaço: tendas e barcos tentando reagir à fúria da natureza, telhados e toldos criando novas perspectivas na terra e na água. Tinha a vaga impressão de já ter presenciado aquela cena, como alguém que ao despertar é surpreendido pela lembrança de um sonho já ocorrido em outra noite. Mesmo assim, não me recordava do lugar e da época que repetiam o que estava vendo. Ali, entre o fim da praça e a margem do rio, um mundo de cores e movimento (de cores em movimento) havia transformado o cais num palco móvel e gigantesco.

Pensei que fosse a única espectadora atenta, com o olhar cravado ora num barco perdido entre as nuvens e a água, ora numa caravana de carregadores, ora na confusão de quilhas coloridas. Não sei se percebi ou se simplesmente intuí que não desfrutava sozinha daquele cenário vivo. Tu não imaginas o susto que levei ao sentir uma pessoa estranhíssima se aproximar, alguém que visivelmente não era turista nem da terra, uma figura vestida de branco, altíssima, caminhando de uma forma meio desengonçada como se procurasse um apoio. Pensei que viesse ao meu encontro, mas estacou a poucos passos de mim, sem tirar os olhos do rio; de vez em quando levantava a cabeça e a girava em busca de não sei o quê. Reparei nos cabelos acinzentados, nos dedos alongados das mãos ossudas, e só então me certifiquei de que era ele. Não demorou muito para que me olhas-

*115*

se com insistência, porque havia notado minha ansiedade; mas não me reconheceram, aqueles olhinhos azulados, quase colados às lentes espessas. Continuei fitando seus olhos e não resisti em guardar só para mim o reconhecimento do outro. Recitei, um pouco vexada mas em voz alta, os dois versos que sempre recitavas ao voltar das aulas, no porão já distante da adolescência; desde então, cultivei o prazer em recitar palavras e sons que desconhecia. Ao escutar minha voz engrolada, o rosto dele se iluminou, como se as palavras diluíssem a amargura de uma fisionomia outrora serena. Ele abriu os braços e disse: "Du hier, Mädchen?!", e assim permaneceu, de braços abertos, com uma expressão incrédula, o sorriso e o olhar conciliando emoção e surpresa, sem atinar para as folhas de papel que caíam de sua pasta e eram levadas pelo vento. A chuva que açoitava logo desabaria com seus milhões de estilhaços dardejando a cidade, encrespando as águas do rio. Permanecemos indecisos entre a euforia do encontro e a ameaça do temporal, sem saber onde procurar um abrigo; ele apontou para um bar pertinho do cais, "A Sereia do Rio", mas a chuva já ofuscara quase tudo no horizonte, engolfando o cais e o porto, e envolvendo a cidade numa atmosfera de mistério e reclusão. Desatamos a correr sem rumo, e já sentia a roupa colada ao corpo quando subimos as escadarias e atravessamos a porta da igreja. Os passos, a água que escorria da roupa encharcada, a respiração, tudo parecia ecoar naquele recinto obscuro, apenas aclarado pela luz dos lustres e de dezenas de velas concentradas ao pé de estátuas, como se aqueles santos pisassem em tochas ou fogueiras. Caminhando pelo corredor central, observava os poucos ângulos visíveis daquele espaço sombrio que eu desconhecia. E a chuva, ao golpear o exterior da cúpula, provocava um rumor furioso e incessante.

Paramos diante de uma gruta incrustada à direita da nave central, e sentamos num degrau de mármore amarelado, encardido. Era um recanto iluminado por chumaços de velas brancas, enormes, que derretiam entre diversos tocos de velas acesas não sei quando: formavam uma paisagem miniaturizada, uma cadeia de montículos que cercavam a base da estátua; as chamas cresciam à medida que se aproximavam dos pés da santa, e as velas maiores, talvez acesas naquela manhã, pareciam ainda guardar, na auréola de fogo que lambia o manto de gesso, as preces vivas e as súplicas mais recentes. A pouca claridade propiciava uma conversa em voz baixa. Dorner falava muito baixo, quase murmurando; e sempre que a chuva golpeava a cúpula com mais intensidade, ele alterava um pouco o registro da voz, enquanto arregalava os olhos e esfregava um lenço no rosto salpicado de suor. Às vezes parecia sentir falta de ar, pois respirava erguendo o tórax e a cabeça. Havia uma certa agonia nesse gesto que servia de pausa quando tocava em assuntos melindrosos. Contou-me sucintamente, e em pinceladas que saltavam anos, algo de sua longa permanência em Manaus. A sua discrição ajudou-me a silenciar sobre a minha vida. Ao notar um quê de curiosidade nos seus olhos, apressava-me a perguntar alguma coisa, fingindo interesse, pinçando um detalhe que havia escapado. Mas ao tentar me esquivar de sua curiosidade, acabava enveredando por trilhas indesejáveis de sua vida. Conversar era roubar uma crença, violar um segredo do outro. Para quebrar o silêncio e evitar uma revelação, recorríamos ao destino de amigos. Ele enumerou mortos e ausentes: os vizinhos do Minho, os irmãos italianos, os compatriotas que eu nem sequer conhecia; e se exaltou ao lembrar de tio Hakim. Não desconfiávamos que naquele instante ele estaria a caminho de Manaus. Mas a exaltação durou pouco e a expressão do seu rosto não extravasou o sorriso insistente de outrora. Uma sombra de desencanto e de alheamento a tudo transparecia através dos gestos repetidos: tirar e colocar os óculos, passar o lenço no rosto, respirar arqueando o corpo. Reparei, então, que ele manuseava a pasta de couro, mais parecida com um surrão onde se acumulam as relíquias e as adversidades de toda uma vida. Do amontoado de cadernos e livros retirou uma folha branca e um lápis Faber. Com um olhar enviesado vi a sua caligrafia nascer quase no centro da folha branca e, ondulando, declinar para a extremidade do papel. Ele transcrevia os versos que eu recitara há pouco. Depois, passou a rabiscar palavras esparsas, em português, e pareceu-me um tanto aleatória a posição dessas palavras na superfície branca: um céu diminuto pontilhado de astros cinzentos, formando uma espessa teia de palavras que às vezes desaparecia, pois o grafite de ponta finíssima desenhava letras invisíveis, sulcos sem cor, linhas-d'água. E, de repente, a inclinação do grafite ou o atrito deste com o papel fazia ressurgir volutas pardacentas ou escuras, criando passagens bruscas e inesperadas do invisível ao legível.

Era curioso observar as ranhuras e os riscos concentrados numa região delimitada do papel, a metade do retângulo branco sendo devastado por manchas, como se uma figura caótica formasse um limite dentro dos limites do retângulo. Naquela região as palavras proliferavam como uma explosão de fogos de artifício: reordenação de palavras, inversão e alteração de frases ou pedaços de frases, até o momento em que a mão estancou no ar e o lápis foi repousado sobre o mármore.

Ele contemplou demoradamente a folha de papel e, antes de me entregá-la, pediu, com uma ironia que fingia humildade e seriedade, que eu buscasse o tom e o ritmo adequados. Enquanto lia, tentando captar o percurso pelo qual ele havia encontrado a versão definitiva, acendeu um cigarro e pôs-se a mirar a gruta iluminada. Guardei a folha de papel e disse que nada devia acrescentar ou suprimir, e que sentia alguma coisa estranha porque agora, depois de tantos anos, aqueles dois versos já não eram mais uma diversão de sons, uma brincadeira com um idioma desconhecido; sabia que de agora em diante, antes de recitar para mim o dístico, pressentiria o eco da versão de Dorner, como uma sombra viva e repleta de imagens. Também não me sairia da cabeça a configuração gráfica concentrada no meio do retângulo. A imagem que eu havia fixado era a de um cometa atravessando diagonalmente o espaço branco. Foi o que disse a Dorner, que sem desviar os olhos da estátua com os pés em chamas, opinou:

— É uma imagem possível para evocar uma tradução: a cauda do cometa seguindo de perto o cometa, e num ponto impreciso da cauda, esta parece querer gravitar sozinha, desmembrar-se para ser atraída por outro astro, mas sempre imantada ao corpo a que pertence; a cauda e o cometa, o original e a tradução, a extremidade que toca a cabeça do corpo, início e fim de um mesmo percurso...

Desviou os olhos da estátua para mim e acrescentou num tom de brincadeira, quase rindo:

— Ou de um mesmo dilema.

Ao acabar a frase permaneceu impassível, e o seu rosto recuperou o mesmo ar melancólico, a expressão sombria de alguém que definha. Mais uma vez me lembrei de ti, das tuas alusões ao outro Dorner que pouco conheci, te dando lições de alemão ou falando sobre fotografia, sobre Leipzig, sobre Berlim vista por Kleist, sobre a guerra e os alemães perseguidos e humilhados até mesmo em Manaus. No fim da tarde tu me visitavas no conservatório e, com a língua formigando de histórias, repetias à professora de piano uma passagem da vida de Mahler, e pedias para que ela tocasse *A menina e a Morte* de Schubert, e, antes daquela série de movimentos em ré menor, tu adormecias na poltrona, os lábios entreabertos, talvez pensando "amanhã ele me contará a vida de uma santa enterrada numa igrejinha na Hungria, martirizada à época da ocupação romana, e cujo corpo foi descoberto intacto, e no seu rosto ainda esboçava o sorriso antes do suspiro final". A vida dos santos, a gênese das catedrais, colinas de pedras que glorificam o céu da Europa, e a geografia incerta da Alemanha, tudo isso fazia parte das lições proferidas diante de um mapa enrugado, pregado na parede úmida do porão. Sentia que ao olhar para mim ele desejava te enxergar. Na verdade, ele te queria sentado ao lado dele, pincelando passagens do passado, comentando os poemas de um escritor alemão que, a seu ver, era o mais próximo da imagem de Deus.

Foi então que comecei a consultar com nervosismo e obstinação o relógio; ouvi a badalada solitária anunciar a primeira hora da tarde e assustei-me com a defasagem de sessenta minutos; aqui, o fluxo do tempo é tão lento que a vida pode se arrastar sem pressa. Mas algo me apressava, além da vontade de desvencilhar-me de Dorner: ficar ali, a sós com ele, significava dar margem a uma nostalgia sem fim. Os versos, o seu olhar melancólico e, sobretudo, o silêncio não eram maneiras sutis de recorrer a uma presença impossível? Porque parecia que tudo o que ele dizia, ou que poderia ter dito, era dirigido para ti; ou se precipitava rumo ao passado.

Caminhamos pela passagem lateral, e já não se escutava mais a crepitação da chuva na cúpula. De repente uma frase de Dorner cortou o silêncio. "Cuidado para não pisares nos escravos do Senhor", disse, olhando para o chão e sem parar de andar. Com o olhar acostumado à escuridão era possível divisar os corpos de quem dorme o sono da morte, vultos esparramados no canto das paredes, acuados em nichos de sombra. Meu pensamento se dispersou, desordenado, enquanto seguia Dorner como uma sonâmbula. Pensei na tua repulsa a esta terra, na tua decisão corajosa e sofrida de te ausentar por tanto tempo, como se a distância ajudasse a esquecer tudo, a exorcizar o horror: estes molambos escondidos do mundo, destinados a sofrer entre santos e oráculos, testemunhas de uma agonia surda que não ameaça nada, nem ninguém: a miséria que é só espera, o triunfo da passividade e do desespero mudo. Pensei também em Dorner, esse morador-asceta de uma cidade ilhada, obstinado em passar toda uma vida a proferir lições de filosofia para um público fantasma, obcecado pelo aroma das orquídeas, das ervas com folhas carnosas e das flores andróginas. Ele convivia há muito tempo entre os livros e um mundo vegetal, e era capaz de nomear de cor três mil plantas. Não posso saber se a solidão o dilacerava, se alguma morbidez havia na decisão de fixar-se aqui, escutando a sua própria voz, dialogando com o Outro que é ele mesmo: cumplicidade especular, perversa e frágil. Nas tuas raras alusões a Dorner, falavas, não de um ser humano, e sim de uma "personagem misteriosa", de um "náufrago enigmático que o acaso havia lançado à confluência de dois grandes rios, como uma gota de orvalho surge imperceptivelmente na pele de uma pétala escura num momento qualquer da noite". Tu e a tua mania de fazer do mundo e dos homens uma mentira, de inventariar ilusões no teu refúgio da rua Montseny, ou nas sórdidas entranhas do "Barrio Chino" no coração noturno de Barcelona, para poder justificar que a distância é um antídoto contra o real e o mundo visível. Eu, ao contrário, não podia, nunca pude fugir disso. De tanto me enfronhar na realidade, fui parar onde tu sabes: entre as quatro muralhas do inferno.

Despedi-me de Dorner sabendo que não iria mais vê-lo. Durante a caminhada apressada esbarrei em muita gente, os mesmos vendedores de frutas, amigos da infância, todos querendo saber o teu paradeiro. O que dizer a tantas pessoas? Que tuas cartas chegavam no início de cada estação europeia? Como contar a essa gente o teu fascínio exagerado por Gaudi, o poema que dedicaste à Sagrada Família, o esquisito sabor da horchata ou aquele crepúsculo em Lloret del Mar? Era mais fácil dizer que estavas chegando, ou que um dia certamente voltarias; assim, eu escapava de fininho, alegando afazeres urgentes, sem esconder o cansaço e a exasperação de quem chega de muito longe e pressente que já deve voltar. O que me deixava irrequieta, enquanto andava, era consultar continuamente o relógio, sem saber ao certo o porquê desse gesto que me parecia desnecessário, gratuito e quase hostil ao movimento do meu corpo.

Talvez quisesse adiar o encontro com Emilie, afastar-me do sobrado naquele instante ou suprimir da caminhada o espaço inconfundível da nossa infância. Por isso, quase sem perceber tinha dado uma volta pelas ruas do centro, quando na verdade podia ter encurtado o percurso, atalhando por uma rua que liga a igreja ao sobrado. Caminhava apressada, não para chegar logo, mas para fugir, como se a pressa fosse um anteparo para evitar a multidão apinhada nas calçadas e na entrada da casa, como uma árvore deitada.

Abrindo um clarão entre as pessoas, eu a vi surgir e correr na minha direção, vestida de negro, os cachos de cabelo caindo até os ombros. Com os braços abertos gritava palavras incompreensíveis, chorava, e do seu rosto molhado saltavam duas esferas em chamas. O seu gesto desesperado e decidido me fez entender que eu não devia entrar na casa, que me afastasse dali, pois tudo estava perdido. Hindié me enlaçou com os braços e despejou todo o corpo opulento sobre o meu; ficamos assim, de pé, abraçadas no outro lado da rua, e eu escutava entre soluços o disparo ardente do coração de uma mulher que acabara de perder uma amizade de meio século. Não sei te dizer como consegui manter-me rígida, não exatamente tensa, pois meu corpo, mesmo petrificado, reagia ao volume imenso do corpo que me cobria. Permanecemos algum tempo juntas, sob o sol, e depois voltei para casa, onde encontrei a empregada com o rosto inchado, balbuciando fiapos de frases: tua mãe, tua vó...

No centro do jardim a criança e a boneca se olhavam, sentadas no banco de um balanço escuro, esverdeado pela mão do tempo. Subi ao quarto e fiquei pensando no gesto de Hindié, que não me deixara entrar na casa enlutada. Para que atravessar a rua, se além do portão reinava o rumor de curiosidade e dor, tantos olhares turvos diante da morte?

Foi doloroso não ter visto Emilie, aceitar com resignação a impossibilidade de um encontro, eu que adiei tantas vezes essa viagem, presa na armadilha do dia a dia, ao fim de cada ano pensando: já é tempo de ir vê-la, de saciar essa ânsia, de enfronhar-me com ela no fundo da rede. Nos últimos anos não tive notícias dela, mas sabia que Hindié seguia passo a passo a vida de Emilie. Quando o último filho deixou o sobrado, ela fez questão de morar sozinha, e até pediu a Anastácia Socorro para ajudá-la a tomar essa decisão. A lavadeira voltou para o interior, mas nas festas natalinas retornava à cidade para participar de um almoço que reunia a família. Emilie costumava dizer a Hindié que a solidão e a velhice se amparam mutuamente antes do fim, e que um velho solitário refugia-se no passado, que é vasto e não poucas vezes gratificante.

Os quartos da casa permaneciam arrumados, uma colcha de renda cobria cada leito, as redes em diagonal dividiam o espaço dos aposentos, e os tapetes de Kasher e Isfahan enobreciam a sala onde se encontrava o relógio negro. Emilie nutria uma vaga esperança de que algum dia, alguém vindo de muito longe compartilhasse a sua solidão. Hindié me contou que a amiga dela pressentia a minha chegada, pois falava muito na gente, e, referindo-se a ti, dizia: "O meu querido teve de cruzar o oceano e morar em outro continente para poder um dia regressar". Ela também falava sozinha, conversava em língua estranha até com os animais, e ultimamente despertava de madrugada e abria os janelões para contemplar um horizonte irreal formado de aldeias incrustadas nas montanhas de um país longínquo. E uma manhã, ao entrar na cozinha, Hindié viu uma mesa repleta de iguarias que Emilie havia preparado durante a noite. A amiga pensou que se tratava de uma festa diurna para reunir filhos e netos, mas Emilie informou que era apenas uma homenagem aos que ficaram no outro lado da terra. "Senti o odor do mar e dos figos, e desconfiei que os parentes de lá me chamavam", disse.

E, quando lhe dava na telha, Emilie convocava Expedito, o afilhado de Anastácia, para desentulhar as oferendas guardadas nas edículas, e passava dias inteiros espanando os objetos e acariciando-os com a ponta dos dedos; depois pedia ao carteiro para que lesse em voz alta o nome e a origem dos remetentes. Isso porque até a sexta-feira de sua morte alguns conhecidos ainda a visitavam, e os que entraram de manhã na casa e souberam que ela agonizava trataram de divulgar a notícia, que se propalou como um temporal.

Todos os dias, às sete horas, Hindié ia encontrar-se com a amiga. Na manhã de sexta-feira ela estranhou, como eu, o silêncio da casa, a passividade dos animais, as portas trancadas. Hindié sempre levava dentro do corpete o rosário de contas e as chaves do sobrado. Ela entrou pelo portão lateral e, antes de chegar no pátio dos fundos, teve um pressentimento funesto. "Os animais, filha, nem se mexeram quando entrei no pátio", disse Hindié. Parecia que todos os olhos eram um só, unidos por uma melancolia atroz.

Hindié gritou ao divisar uma ardósia do piso mais encarnada que as outras; a mancha ainda se alastrava, ali bem junto ao pé de um dos anjos de pedra. Ela chamou por Emilie olhando para os janelões fechados do quarto que dava para o pátio, e só depois notou dois rastros vermelhos mais ou menos paralelos e encontrou a tartaruga Sálua ciscando a soleira da porta da copa. Era o único bicho que parecia estar vivo, tinha a carapaça manchada de pintas encarnadas, eram manchas e filetes escuros espalhados no piso da copa e que conduziram Hindié através do corredor até a guarita do telefone. Emilie estava inerte, já quase sem vida, e o fio do telefone estava enroscado no pescoço e nos cabelos dela; o auricular sumia na sua mão direita, e a outra mão cobria os seus olhos.

Lembrei-me assustada de que, de manhãzinha, antes de sair de casa, havia escutado o telefone tocar duas ou três vezes. Talvez tenha sido o último apelo de Emilie, a sua maneira de me encontrar e dizer adeus.


O pânico e a aflição diante da morte, a casa varrida por um vendaval, um tremor de terra no coração da família, não se sabe a quem recorrer nesta manhã que parece fora do tempo, nesta casa em ruínas, às avessas, e onde as preces se misturam com as confissões de culpa, como se as palavras sagradas tivessem o poder de banir a ausência, o vazio deixado pela morte. Nervosa e abalada, Hindié caminhou pela casa gritando todos os nomes de pessoas conhecidas, subiu a escada cambaleando e abriu as portas dos quartos sem atinar que Emilie morava sozinha e que só ela, Hindié, a visitava todas as manhãs. Desceu a escada com a mesma precipitação, e suas mãos trêmulas demoraram para desenroscar o fio do telefone dos cabelos e do pescoço de Emilie. Sem parar de falar, Hindié arrastou o corpo até a sala, estendeu-o no sofá e acomodou numa almofada a cabeça ensanguentada. Já tinha as mãos e o rosto lambuzados de sangue quando voltou à guarita e viu a lista de números de telefone usados com frequência por Emilie. Ela ligou para a casa de Hector Dorado, mas o médico não atendeu à chamada, pensando que fosse brincadeira de criança ou a voz de uma louca. Então ela discou para tio Emílio, que logo reconheceu a voz de Hindié e entendeu o que ela falava. Na verdade, Hindié comunicara-se em árabe com o médico da família. Estava tão nervosa e fora de si que começou a balbuciar uma oração, enquanto dedilhava as contas do rosário. Para tio Emílio a oração era familiar, mesmo assim achou estranho ouvi-la de manhã cedo e por telefone. Foi preciso que ele alterasse a voz para que Hindié interrompesse a reza e transmitisse a notícia. Daí em diante formou-se uma rede de linhas cruzadas: o telefone do sobrado tocou sem cessar e esqueceram de limpar as manchas de sangue até a chegada de Yasmine, incumbida de receber e fazer ligações.

Tio Emílio chegou antes do médico. Acompanhavam-no duas freiras da Santa Casa de Misericórdia, que prestaram em vão os primeiros socorros. Tu deves lembrar dessas religiosas que às vezes apareciam em casa após as novenas, e, certa vez, foste repreendido por Emilie quando quiseste manusear como um brinquedo ou uma espada o crucifixo que brilhava no centro do hábito negro. Elas quiseram levá-la ao hospital, mas Hector, ao examinar a fenda na cabeça dela e tirar-lhe a pressão, afundou o rosto na almofada, ao lado da cabeça de Emilie.

— Fez assim para não chorar na frente dos outros — disse Hindié.

O médico foi o único que permaneceu junto ao corpo. Depois chegaram os dois filhos de Emilie, com suas esposas e filhos. Os dois homens passaram diante do sofá como quem atravessa lentamente uma ponte, observaram com temor o rosto calado afundado na almofada, e pela primeira vez não encontraram os dois olhos acesos e benevolentes de alguém que eles sempre fingiram odiar. Porque é neste instante de tensão e dor que um filho, ao se deparar com o silêncio da mãe, começa a envelhecer. Por alguns segundos eles fixaram o olhar no corpo imóvel estendido no sofá, e logo se separaram da família para buscar um refúgio no quintal dos fundos da casa. Ali, sozinhos, protegidos por uma cortina vegetal, puderam soluçar e chorar sem esconder o rosto do olhar alheio. Porque o choro não era apenas a reação a uma vida que findava; era também a constatação terrível e tardia de que suas vidas tinham sido uma sucessão de atos medíocres e vexatórios, e que durante toda uma vida tinham dependido daquela mulher agonizante; eles, que não suportavam presenciar a agonia de alguém, e que só se prontificavam a visitar Emilie se lhes faltasse um certo conforto material. Hindié tinha consciência disso porque era uma das poucas, senão a única confidente de Emilie, além de conhecer a intimidade da vida cotidiana do sobrado, muito antes da debandada dos filhos da amiga.

Mais tarde, de noitinha, ao encontrar tio Hakim, entendi o quanto lhe havia impressionado o odor do corpo de Hindié, como se ela quisesse estampar, através de um cheiro inconfundível, a lembrança de uma marca do passado que exalava por todos os poros de um corpo monumental. Não saberia adjetivar ou comparar aquele cheiro formado por uma auréola invisível, mas inseparável do corpo, como o odor de cera derretida impregnado no espaço sombrio da igreja onde conversara com Dorner: o odor se alastrando na nave para que esta se torne habitável através do odor. Há muitos anos ela devia conviver com este cheiro esquisito, tão arraigado no corpo que era capaz de anunciar a sua presença, como os passos que ressoam antes da aparição de alguém que pode surgir aos nossos olhos a qualquer momento.

Mas não era só o odor que singularizava a presença de Hindié Conceição na manhã do nosso encontro. Além do vestido escuro, o timbre da voz, as mãos que desfiavam os cabelos cacheados, os lábios que sumiam na boca, como se esta os engolisse, e os momentos de silêncio também formavam o ritual do luto. A dor e a tristeza transpareciam nos gestos desalinhados, como uma reação intrépida para que ela não minguasse ou capitulasse diante da morte da amiga. E eu, que me recusei a velar o corpo de Emilie, ouvi de Hindié a narração de cenas e diálogos; ela gesticulava muito, falava com uma voz meio travada, e quando nos olhos estriavam uns fios vermelhos ela saía da cadeira e vinha me abraçar e beijar. Aqueles olhos graúdos ainda ardiam na manhã do domingo, e os cabelos amarelados e soltos pareciam imprimir no rosto dela uma aflição bem próxima do desespero."

# 7

"Não apenas os amigos, também os curiosos vinham falar comigo, sabiam que eu era uma irmã para Emilie; alguns levaram ramalhetes de flores que exalavam o aroma de uma morbidez antecipada, pois lá no sofá da sala Emilie ainda respirava, como um corpo que ainda vive, mas à sombra da morte. Sim, flores brancas e ramagens verdes, telefonemas e mensagens de luto, tudo isso era como levar o túmulo para dentro da casa. Um outro fato também me incomodou: a presença daqueles dois desaforados, não falaram comigo, nem sequer tocaram no corpo de Emilie, era como se uma estátua estivesse ali deitada. Lembro que na adolescência faziam danações com todo mundo, foram expulsos de todas as escolas da cidade, e muitas vezes castigados pelos padres, uma punição amarga: ficar de joelho sobre um monte de milho, em pleno sol do meio-dia, até aparecer na noite a primeira estrela. Emilie não perdia a paciência, tolerava essas diabruras, ao contrário do marido dela, que certa vez amarrou os dois na mesa da sala, onde permaneceram sozinhos, como alimárias sem dono, até Emilie convencer o marido a soltá-los. Mas nem sempre ela esperava tanto: antecipava-se a qualquer perdão e ia vê-los na sala ou no quarto, os dois amarrados e famintos, e então era um deus nos acuda, porque parecia que ela era a causa de tudo: da revolta, do ódio, da indisciplina. Os dois também não se dirigiam a mim, talvez por eu ser amiga de Samara, uma flor rara para o pai, que a mimava sem perceber, ou sem que os outros percebessem. É difícil saber de onde vem a revolta de um filho, essa delinquência precoce, a inveja, o ciúme e a violência que desde cedo tomaram conta desses dois filhos de Emilie. Eles fizeram um pacto contra a irmã, sabendo que Emilie, desde o nascimento e, sobretudo, desde a morte de

Soraya Ângela, lhes havia implorado para que deixassem a filha dela em paz e não a perseguissem, como se faz com um criminoso ou com o mais perigoso foragido, que estava destinado a sucumbir numa casa de mortos. Também não atenderam ao pedido do pai, que muitos anos antes de morrer reuniu os homens da casa e pediu ao único filho letrado para traduzir em voz alta um versículo da surata das Mulheres, a fim de que todos entendessem que na palavra de Deus, o Misericordiosíssimo, sempre havia perdão e clemência. Admitiu que a filha nascera e crescera diante de um espelho mal polido, mas que uma mulher tentada pelo pecado pode arrepender-se meditando sozinha num quarto vedado à luz do sol e a todos os olhares durante cinco dias e cinco noites. Mas nem isso os tornou sequer tolerantes com a irmã. Na verdade, passaram a desprezar o pai por ter recorrido a um texto sagrado para perdoar o imperdoável; durante todo esse tempo aperrearam a irmã, baniram-na da família e juraram armar um escândalo se ela pusesse os pés na calçada do sobrado ou se assinasse com o sobrenome da família. E até recentemente andavam grunhindo como feras famintas em busca de uma pista que os levasse ao novo esconderijo dela. Já sabiam que estava na Parisiense, mas enquanto teu avô viveu não ousaram importuná-la, porque iriam ficar na pendura se pisassem na loja para ameaçar a irmã. O velho protegia a filha com unhas e dentes, e no fim da vida parecia mais preocupado com ela que com a esposa. Diz-que levava flores e plantava mudas de fruteiras no quintalzinho dos fundos, e um dia, antes do amanhecer, foi ao mercado para comprar peixes, legumes e frutas e convidou Emilie a almoçar na Parisiense. Emilie quase não acreditou. Disse: "Se não for uma fraqueza da idade, posso jurar que não há mais homens inflexíveis na face da terra". Mas havia pelo menos dois, porque os dois filhos sopravam palavras de insulto ao mencionar o nome da irmã. E por que fizeram isso? Porque na rua, nos clubes, nos bares, por toda parte eram perseguidos por olhares ora reticentes, ora indagadores: olhares que procuravam saber as minúcias, inconformados com as histórias que de boca em boca transformam um evento numa trama de suposições desencontradas. Com a morte do teu avô, tentaram ir mais longe. Enviavam bilhetes ameaçadores, telefonavam em plena madrugada insultando-a de filha disso e filha daquilo, e uma vez pagaram uns moleques para apedrejar a claraboia do quarto onde ela dormia sozinha. Só não chegaram ao cúmulo de espancá-la porque Emilie controlava o caixa da Parisiense e guardava o dinheiro no cofre inglês cujo segredo só ela conhecia. E era justamente esse segredo que sustentava as famílias dos teus tios; mais ainda, por ser uma questão de vida ou morte, era o segredo do cofre que os detinha no momento culminante de fúria insana contra Samara Délia. Ao ficar sozinha na casa, sem o marido, sem empregados, sem ninguém, sozinha entre os animais, as estátuas da fonte, plantas e flores, agradecendo com negaceios aos vizinhos condescendentes que se preocupavam em visitá-la todos os dias, e ao Comendador que lhe oferecia a companhia de uma das preceptoras francesas que passavam dias e noites num ócio absoluto, sua maior preocupação não era o temor à morte solitária, e sim o segredo do cofre, pois, quando morresse, os filhos tomariam a casa e a Parisiense de assalto, e Samara seria jogada na rua, sem eira nem beira. Sim, ela me revelou, e creio que só a mim, o segredo do cofre camuflado num lugar insuspeito para onde ela o carregara ao perceber que o marido já estava nas últimas. Foi na noite de um domingo que ela me puxou pelo braço e disse: "Vem comigo". Levava na mão uma lanterna; cautelosas, atravessamos a escuridão do pátio e do quintal para não despertar os animais; em frente ao galinheiro ela tirou uma chave da alça da lanterna e destrancou a porta. As galinhas não se mexeram, nem ciscaram a terra, talvez acostumadas com essas visitas noturnas da tua avó; ela deu uns passos até o pombal escondido atrás do último poleiro e ficou de cócoras, tateando a terra úmida que fedia a estrume. Só então acendeu a lanterna e focou no chão, bem ao lado do pombal, onde havia uma cuia emborcada e cravada no esterco de galinha. "As chaves estão aqui", disse Emilie, levantando a cuia. Com uma das chaves ela abriu a porta de madeira, e o que eu vi foi uma caixa metálica, enorme, e na porta verde havia cinco roletinhas que podiam girar ao redor do alfabeto e mais quatro ao redor de números que iam de zero a nove. Ela começou a ajustar o ponto vermelho de cada roleta na letra e no número que formam o segredo, de modo que a disposição final, lida no sentido horário, era composta pelas letras AMLAS, e pelos números 1881. Depois ela girou a chave, puxou para baixo a maçaneta, abriu a porta maciça e iluminou o interior do cofre. "São minhas fortunas", exclamou, enquanto apalpava uma bíblia, álbuns de retratos, cartas e papéis avulsos. Dentro das gavetinhas metálicas ela guardava o dinheiro da Parisiense que Samara lhe trazia nos fins de semana. Tudo parecia amontoado nos cantos do cofre, mas, na confusão aparente, o foco de luz e a voz de Emilie aclaravam a desordem: aqui estão os álbuns da infância dos meus filhos, ali as fotografias de Chipre e Marselha feitas durante a nossa viagem ao Brasil, e naquela caixinha as cartas enviadas por Soeur Virginie; em meio às páginas do Velho Testamento ela guardava como relíquias as pétalas secas de uma orquídea que um enfermo indigente lhe ofereceu no dia do desaparecimento de Emir. Para agradecer essa dádiva de um homem contaminado e impuro, ela lhe presenteou o que estava a seu alcance: um cordeiro, um pacote de farinha, uma lata de azeite e dois pombos, e o aconselhou a procurar um beato ou um sacerdote do Senhor. As pétalas estavam amareladas como o retrato de casamento que ela retirou de dentro da Bíblia com as mãos trêmulas, e depois mostrou as joias da nossa terra, que ela só usava nas festas e recepções, e também nos momentos de reconciliação com o marido. Notei que ela franziu a testa e ficou cabisbaixa, talvez por lembrar que o marido estava padecendo no quarto; mas nem assim chorou. Perguntei uma vez se ela não chorava para se aliviar das agruras desse mundo, e ela me respondeu que só a morte nos traz alívio: "É quando o corpo e a alma entram de acordo para desfrutar o silêncio da eternidade", disse, sem pestanejar. Ali, de cócoras, Emilie continuava a mostrar os objetos envelhecidos, e eu já estava agoniada porque teu avô gemia sozinho no quarto e já não reconhecia mais ninguém: tinha chegado ao fim da vida como ele sempre quis, vivendo consigo mesmo, sem testemunhas e longe de tudo: do ódio, do ciúme, da esperança e do receio. Emilie percebeu minha inquietação, e logo tratou de arrumar os objetos nos mesmos lugares; depois fechou a porta do cofre, girou todas as roletas e me pediu para abri-lo. Na terceira tentativa deu certo. Voltamos para dentro da casa, caminhando com o mesmo cuidado para não assustar os bichos; na copa, ela me mostrou o esconderijo da lanterna e da chave da porta do galinheiro: um filtro de porcelana, pequeno e em desuso, igual aos que os marinheiros ingleses vendiam antigamente. Depois me ofereceu água de alho, e tomou uma jarra inteira antes de subir para rezar ao lado do marido. Nunca precisei abrir o cofre, porque o que Emilie mais temia, uma atitude descabelada e abominável dos filhos, para arrasar com Samara Délia, não aconteceu. Aconteceu o que tua avó menos esperava, e que foi mais uma bordoada na vida dela. Depois que ela perdeu o marido, a filha tomou conta da Parisiense sem a ajuda de ninguém, e deu um impulso tão grande na loja que no fim de alguns anos Emilie chegou a caçoar do finado:

— Ganhamos em cinco anos o que deixamos de ganhar em cinquenta; a vocação dele era vociferar no alto de um minarete, em vez de ficar mudo atrás do balcão.

Bem ou mal, as duas continuaram vivendo assim: Emilie na casa, com os animais, recebendo visitas esporádicas, e vendo os filhos uma vez ao mês, ou nem isso. Samara Délia trabalhando, comendo e dormindo sozinha na Parisiense, visitando a mãe uma vez por semana, sempre calada, pensando não sei o quê. Andava sempre vistosa, e o tempo e o luto a embelezavam ainda mais. Na última vez que a vi estava inteirinha vestida de negro. Foi num domingo de manhã, na casa de Emilie, onde havia alguns vizinhos, e todos conversavam ao redor da fonte. Emilie decidiu abrir as gaiolas dos pássaros, até dos mais raros, convencida de que esse gesto lhe daria ânimo para viver em paz por mais algum tempo. "De agora em diante só quero animais livres nesta casa", disse em voz alta, para que todos ouvissem em meio à revoada. Mas alguns pássaros permaneceram nas gaiolas abertas, esperando o alpiste, a banana e a visita matinal de um rosto que se aproxima das varetas metálicas para imitar o canto dos pássaros. Ela não insistiu para que voltassem, apenas disse: "Estes já fazem parte de mim. Voaremos juntos, Deus sabe quando e para onde". Samara também ajudou a mãe a abrir e limpar as gaiolas, jogou pedaços de rabanada e restos de comida aos peixes e jacarés, e passeou entre as fruteiras com uma jarra de néctar de jenipapo, procurando as flores de vidro e as ampolas de cristal penduradas nos galhos, entre as folhagens.

Naquela manhã, duas coisas destoavam da postura habitual de Samara. A sua elegância invejável deixou as visitas boquiabertas e a tua avó orgulhosa. Calçava um sapato alto, usava meias de seda transparentes, e na pala do vestido de algodão preto havia um escaravelho de madrepérola sombreado pelas abas largas de um chapéu de palha italiano. Emilie achou o traje um pouco austero para a manhã de um domingo, e perguntou se ela iria à missa das dez, na Matriz. Samara sorriu e olhou com aquele olhar enviesado para Emilie. Então passou a conversar, e esse fato também causou estranheza a todos, porque na frente dos outros ela não era de falar muito. Falou com desenvoltura sobre isso e aquilo, comentando os fatos da cidade, os novos fregueses da Parisiense, quem devia e quem pagava em dia; falou das mudas plantadas por seu pai e que agora davam frutas e flores, e depois perguntou a Arminda se Esmeralda vivia bem no Rio de Janeiro, a Yasmine se o marido dela ainda teimava em criar bichos-da-seda neste clima infernal, a Mentaha se preservava a mania louca de caçar pombos cinzentos de madrugada para as refeições dos fins de semana, e olhou para mim querendo saber se eu ainda morava sozinha nesta casa velha que dá para o quintal da casa de Emilie. Respondi que era a moradia ideal para uma solteira velha e sem família. E mais uma vez ela sorriu, enquanto entregava uma sacola fechada à tua avó. Soube mais tarde que na sacola havia, além de dinheiro, um livro grosso encadernado em couro, uma carta, e outras coisinhas que Emilie não quis me revelar. Ela se arrependeu até a morte por não ter aberto a sacola no momento em que a recebeu. "Foi no instante em que os sinos começaram a dar dez horas, e eu não queria que minha filha perdesse a missa para fazer relatório de vendas", disse Emilie. Na noite do mesmo dia, ela resolveu levar a sacola ao cofre, e fez um estardalhaço tão grande que vim correndo para ver daqui do alpendre o que estava acontecendo. Vi Emilie sentada na borda da concha de pedra, cabisbaixa, com uma mão apoiada na perna de um anjo e a outra afagando a cabeça de um carneiro. As luzes do pátio estavam acesas, iluminando os peixes que encrespavam a água, e muitos animais ainda guinchavam, mas tua avó não dava importância a isso. Não quis chamá-la, apenas fiquei imaginando o motivo de ela estar ali, quieta, entre o anjo e o animal. Vez ou outra eu cochilava, sentada nesta mesma cadeira, e sempre que eu abria os olhos encontrava Emilie na mesma posição; aí me lembrei das palavras do teu avô, numa madrugada em que a conversa tinha sido interrompida porque Emilie apontou para Amadou Tifachi, um poeta norte-africano, amigo de Dorner, e que visitava o Amazonas. Amadou tinha passado a noite contando histórias extravagantes, cheias de situações e diálogos obscenos, de amantes sem-vergonhas, de lábios libertinos que, segundo ele, se moviam no rosto dos homens e abaixo do ventre das mulheres; e esse cretino ainda tinha coragem de se proclamar escritor e religioso praticante. É verdade que todo mundo ria, e as mulheres gargalhavam, morrendo de vexame, porque ele falava com a língua e também com as mãos. Falou tanto e com tanta disposição que no fim da noite se afastou da roda para beber uma jarra de refresco de tamarindo e devorar uma panela de lentilhas com carne. Já estava quase amanhecendo quando Emilie esticou o braço na direção da fonte, e ali vimos o homem, imóvel, todo de branco, como um santo de gesso. Foi então que teu avô disse: "Quando alguém permanece um bom tempo calado, se não estiver dormido deve estar pensando no amor ou na morte".

Emilie, com certeza, não dormia. Na manhã do dia seguinte, soube o que tinha acontecido. Lembrei que Samara Délia se despedira sem cerimônia, com um até logo rápido como um lampejo; ela desapareceu no corredor lateral deixando atrás de si um silêncio de estupefação e enigma compartilhado até pelos animais. Naquele momento, acho que nós todas desejávamos comentar alguma coisa a seu respeito, mas ficamos silenciosas: por uma razão desconhecida, não conseguimos dizer nada. Emilie contemplava as poucas gaiolas habitadas pelos pássaros que não foram embora, Mentaha comprimia as têmporas para aliviar a eterna enxaqueca, Yasmine, de olhos fechados, aspirava o ar da manhã, e o rosto risonho de Arminda olhava para suas mãos que bordavam as iniciais do Comendador num lenço de cetim. Eu pensava em Samara. Depois que certas coisas acontecem, mesmo os fatos mais inesperados e imprevisíveis, a gente lamenta não possuir o dom redentor da clarividência, ou ao menos uma gota de pressentimento que possa impedir uma ação indesejável. Ao visitar Emilie na manhã da segunda-feira, vendo-a afobada e tensa, soube que era tarde demais para evitar um acontecimento adverso. Alguma coisa na sacola deu a entender que Samara havia sumido, e Emilie sabia disso desde a noite anterior. Vários fregueses assíduos da Parisiense telefonavam querendo bisbilhotar, futricar, saber por que as portas da loja estavam trancadas. Quando Emilie entrou na Parisiense encontrou tudo na mais perfeita ordem, e no quarto onde a filha dormia faltavam apenas as roupas e a moldura com o retrato de Soraya. A loja foi alugada na mesma semana, e toda a mercadoria vendida ao inquilino. Ela só teve o trabalho de carregar para a casa dela algumas peças de tecido, e duas ou três caixas de grinaldas e véus de noiva que estavam encalhadas no depósito. Emilie dizia que há certas mercadorias que o tempo transforma em objetos de estima, e que por isso alguns leques pintados à mão por artistas espanhóis permaneciam longe das vitrinas, porque eram leques iguaizinhos aos que o marido lhe presenteara na noite do noivado. De modo que entulhou o quarto de objetos que comemoravam uma passagem singular de sua vida, e decidiu nunca mais passar em frente da Parisiense enquanto Samara Délia não reaparecesse. Mesmo assim, ela não fez menção em procurar a filha: recusou a ajuda de meio mundo, recusou sobretudo a boa vontade do teu tio Emílio, que se ofereceu a percorrer toda a cidade e até mesmo o país para encontrar a sobrinha.

134

Mas Emilie lembrou que a última vez que ele saíra em busca de alguém tinha sido um desastre: se Emir tivesse ficado com aquela quenga em Marselha, talvez estivesse vivo ainda hoje. Ela colocou um ponto final no assunto, dizendo que seria perda de tempo andar pela cidade atrás da filha, porque Samara era teimosa, resoluta e orgulhosa.

— Talvez ela seja menos infeliz assim, vivendo no anonimato e numa cidade desconhecida, sem que a gente conheça o seu destino — disse Emilie.

Nos últimos anos, ela sofreu como uma penitente, só para não mencionar nas conversas os desastres da família. Para tanto, inventava reformas na casa, capinava o quintal, podava as parreiras e as árvores, e restituía o brilho aos espelhos e vidros de todos os aposentos. Uma manhã encontrei-a sentada perto do tanque, esfregando com palha de aço a carapaça de Sálua e tapando com cera de abelha fissuras e buracos provocados pelas colisões com outros animais e pelas brincadeiras perversas de filhos, netos e enteados; depois ela lustrou o casco com uma flanela embebida em resina de madeira e largou o quelônio na prainha de que terminava no tanque habitado por dezenas de filhotes. Sem olhar para mim, exclamou: "Sálua é meu espelho vivo". Inventou também várias enfermidades que apareciam de manhã e sumiam antes do anoitecer, e passou dois anos praguejando, sentindo-se ameaçada por um calo na planta do pé direito, temerosa de que uma gangrena a deixasse aleijada e lhe tirasse para sempre o desejo irresistível de caminhar pela casa desde as cinco da manhã até a hora do sono. Mas desde o ano passado, não sei por que cargas-d'água, ela se convenceu de que a volta de Samara dependia unicamente dos dois filhos. Já um pouco fora de si, ela queria que ambos fizessem uma declaração pública em que juravam uma reconciliação definitiva com Samara Délia. Eu e Emílio conseguimos persuadi-la a deixar de lado essa ideia tantã, que era um sinal de desespero e descontrole, e não um ato pertinente. Mesmo assim, ela tentou tudo para persuadi-los a reatarem com a irmã. Conversou com ambos, para dizer que o rancor corroía a vida de um homem, e que ela mesma, já no fim da vida, ainda não conseguira entender o ódio, e muito menos a sua permanência e perdurabilidade. Fizeram pouco das palavras da tua avó, e um deles cuspiu à queima-roupa uma frase que a deixou transtornada nestes últimos dias: "A senhora deu à luz a uma mulher da vida; a senhora devia se odiar, e mais que ninguém entender o ódio".

A reação de Emilie, à primeira vista, foi serena, quase apática. Escutou a frase, impassível, com o olhar deitado nos olhos do filho, enquanto ele permanecia sentado na sala, de costas para o relógio da parede. Ela não desgrudou o olhar de cima dele nem mesmo quando, meio pasmado, meio desconcertado, ele se levantou da poltrona e saiu como se fugisse de uma ameaça ou quisesse evitar algo que o importunava até as entranhas. O mais estranho foi que Emilie nem piscou os olhos, e eu tive medo daquele olhar que parecia não olhar para ninguém nem para nada. E estranhei mais ainda quando, ao me aproximar dela, era como se uma sombra roçasse o espelho da sala, ou como se eu ainda estivesse lá fora, espiando os dois conversarem, amoitada entre as folhagens do quintal. Foi preciso me sentar diante dela para que notasse a minha presença; e com o olhar ainda fixo, balbuciou: "Estou bem, assim sozinha".

Isso aconteceu na sexta-feira, uma semana antes de sua morte. Foi o último encontro que teve com o filho e, talvez, com a vida. A semana seguinte ela quase não dormiu, mas mesmo assim sonhou muito.

— O pouco que durmo é para sonhar — disse no domingo passado, enquanto arrumava fotografias e cartas, e remexia sem parar os objetos mofados dentro de um baú. Nesses últimos dias conversamos algumas vezes, sentadas no pátio onde ela recordava o nome de uma planta e acrescentava: "Foi a Anastácia que plantou, e aquela trepadeira foi presente de uma empregada que fugiu de casa com medo dos meus meninos". Depois falava no teu tio Hakim, que ficou homem sem que ela conhecesse o rosto do homem, pois saíra de Manaus com pouco mais de vinte anos, e desde então enviara-lhe retratos e cartas, mas tudo isso vale menos que uma rápida troca de olhar. Me mostrava um re-

*136*

trato de Hakim e perguntava: "Não é a cara do Emirzinho?". E meio afobada, meio aflita, ela mesma respondia: "Se parecem como duas pérolas de um mesmo colar". Não reclamava do cansaço, mas eu notava que estava com olheiras, e que os traços delicados do rosto se desmanchavam. Parecia trabalhar mais que nunca, e durante a madrugada eram poucas as badaladas dos sinos que ela não escutava. Imagino que as noites em claro a atordoavam.

Nos três últimos dias, de terça a quinta, me contou uma enxurrada de sonhos em que sempre participavam Emir e Hakim; depois me pedia para ler as cartas do filho ausente, enquanto ela mirava os retratos de ambos no álbum aberto repousado no colo. O irmão, morto ainda jovem, era muito parecido ao filho que foi morar no sul; e olhando para as duas fotos juntas, a semelhança chegava a incomodar: pareciam sorrir o mesmo sorriso. Comentando os sonhos, ela repetia com uma voz crédula: "Quantas vezes não nos encontramos, os três dentro de um barco descendo o rio ao encontro do mar". E quase todos os sonhos repetiam um só, que ela tornava a contar, sempre contemplando os retratos e me dizendo, pedindo: "Leia, Hindié, leia as cartas de Hakim". Na quinta-feira encontrei-a bem disposta, andando pra lá e pra cá, rodeando a fonte, parando para observar os peixes, apaziguada, calada, reconciliada com alguma coisa que findava. O tilintar das quatro pulseiras douradas no antebraço esquerdo era o único ruído do seu corpo. Tudo no sobrado estava impecável, e nada, nenhum objeto, fora do lugar."

# 8

"A VOZ DE HINDIÉ CALA SUBITAMENTE, e por algum tempo uma tristeza desponta no olhar dela. Do alpendre de sua casa ela contempla a copa do jambeiro e os janelões do quarto do sobrado, cerrados para sempre. O olhar torna ínfima a distância entre as duas casas, e, no silêncio do olhar, a memória trabalha. A mulher não gesticula mais, não se levanta para me abraçar ou beijar, apenas se entrega ao choro quase silencioso que também dialoga com a paisagem recortada e ensolarada, onde tudo é também silencioso, mas sem o olhar e a memória. A casa está fechada e deserta, o limo logo cobrirá a ardósia do pátio, um dia as trepadeiras vão tapar as venezianas, os gradis, as gelosias e todas as frestas por onde o olhar contemplou o percurso solar e percebeu a invasão da noite, precipitada e densa. O olhar parece dialogar com algo semelhante à noite, com os objetos abandonados na escuridão, com os passos lentos que povoam uma casa, um mundo: os pátios, a fonte e o seu entorno, a flora que une o céu à terra, os animais que desconhecem a clausura e animam-se ao ouvir a voz de Emilie.

No fim da manhã do domingo, nada mais acontece, o rosto de Hindié continua mudo, a desordem do corpo e da fala parece próxima do fim, talvez ela ainda evoque esta perda, na solidão da velhice vive-se de ausências, há tantas verdades para serem esquecidas e uma fonte de fábulas que podem tornar-se verdades. Às vezes imagino Hindié sozinha, vagando na fronteira diminuta, quase apagada, que separa a morte da noite, e a memória da morte. Imagino-a também no silêncio daquele domingo, com os olhos fixos na paisagem emoldurada: a metade da árvore e uma parte da casa: o plano fechado da fachada sem sombras, sob o sol que divide o dia.

* * *

No início da tarde de sexta-feira, Yasmine me telefonou para contar que os parentes e amigos permaneciam reunidos na casa; tio Hakim desembarcaria a qualquer momento, e com a ajuda dos vizinhos tio Emílio havia providenciado tudo para enterrar o corpo da irmã. Essas notícias soavam como uma intimação: eu devia comparecer à despedida de Emilie, às três da tarde serviriam um café depois da missa com corpo presente, oficiada pelo arcebispo de Manaus. Preferi chegar no fim de tudo, após o enfado do adeus, mas ainda pude observar, na porta da casa, o séquito. Os filhos iam à frente do cortejo, e as três amigas de Emilie alugaram carros para levar alguns frequentadores da casa, pessoas humildes que ela ajudava como podia, dando-lhes a sobra das refeições, roupas velhas, e prometendo um trabalhinho na casa de fulano. Ou simplesmente convidando a tomar um lanche aos que já não lembravam o dia que tinham engolido um pouco de comida. Os delinquentes e desempregados que rondavam a vizinhança farejando as casas desabitadas, ao serem detidos por soldados ou moradores dos arredores, enviavam-lhe bilhetinhos com palavras de súplica e arrependimento que a sensibilizavam a ponto de ela mesma se dirigir ao quartel para convencer o oficial do dia a libertar os detentos, que também eram filhos de Deus e não cães raivosos. Com uma rajada verbal ininteligível, e mesmo assim emocionante, ela conseguia livrá-los do cárcere e, na frente de todos, ralhava e fazia um sermão como faz com os filhos rebeldes uma mãe afável nos momentos de cólera.

Os outros acompanhantes eram parentes do Comendador e de Esmeralda, que tinha ido embora de Manaus desde a morte do marido. As mulheres das duas famílias ainda estavam enlutadas, e o véu de tule preto que lhes cobria o rosto parecia aludir à morte de Emilie e a tantas outras, acontecidas aqui e no além-mar, como se a morte de um amigo despertasse uma sucessão interminável de lembranças dos que já conviveram conosco. Talvez por isso, o pesar doloroso que nos envolve, não sabemos discernir se é fruto da perda de alguém ocorrida ontem ou há muito tempo, de modo que outros corpos sem vida reaparecem com intensidade na nossa memória, ampliando o seu horizonte melancólico.

Ao longo do trajeto que vai da praça ao cemitério, eu procurava observar o rosto das pessoas. Eram rostos de todas as idades, e alguns, mais vividos, possuíam traços e expressões idênticas, como se o tempo os tivesse igualado. Preferi não sair do carro, a fim de permanecer à margem da cerimônia fúnebre. Aquela tarde extenuante terminou na casa de Emilie, onde encontramos tio Hakim, sozinho e imóvel como uma estátua, perto da copa escura do jambeiro.

Só no dia seguinte retornei para visitar o jazigo. Encontrei Adamor Piedade, quieto como sempre, tal uma mudez que se move na manhã de um sábado sereno, sem chuva ou calor, sem risos e lamúrias. Reconheceu-me logo, pois no dia anterior acenara para mim, de longe; alguém lhe havia dito que eu era a prima de Soraya Ângela, a criança que chorou a morte da outra criança. Conversamos um pouco à sombra fresca das mangueiras, onde cataste manguitas na terra e brincaste de escalonar os volumes brancos que querem eternizar o que já é pó. Adamor falou um pouco de sua vida, toda ela dedicada a escavar a terra para abrigar os mortos; citou os mortos ilustres da cidade e os pés-rapados, enterrados ao léu, sem querubins ou cantos celestiais, nenhuma ilusão de vida futura. Queixava-se de uma enxaqueca eterna, de dores nas costas, do cansaço que agora vinha a galope, do todo o dia árduo, enfadonho, sem cores, monótono. O que pensava da morte, este homem que já enterrara milhares de mortos? Falou que a cidade crescera muito nos últimos anos, pois trabalhava que nem um cão.

— Naquela época — recordou —, a morte não era tão comum, não era um nada: um enterro era um acontecimento distinto; alguém nascia com festas, alguém fechava os olhos, e tudo passava a ser cerimonioso, com elegância. Minha companhia é essa imensidão de mármore e pedra entre árvores; e os vivos que aparecem não falam, choram. Me acostumei com essa vida cercada de vizinhos silenciosos...

140

Mas no fim da madrugada do sábado ele foi surpreendido por uma voz grave, nem alta nem baixa: uma alternância de melodia e lamento, às vezes interrompida bruscamente, dando lugar a uma breve quietude, a um sopro de silêncio. "Estou habituado a ouvir todo tipo de ladainha", disse, "mas aquela era diferente de todas." Ele foi de encontro à voz, até avistar um vulto ao lado do jazigo da família. Não foi apenas a estranheza do canto que lhe chamou atenção, mas também a posição do corpo: nem de joelhos, nem deitado, meio agachado, com os dois braços estirados para as bandas do sol nascente.

— Fiquei na espreita — continuou Adamor —, esperando um fiozinho da manhã; aí enxerguei um rosto que logo perdi de vista, pois a cabeça embiocava querendo procurar a terra, mergulhar no finzinho da noite, sumir. Depois é que percebi: aquele vozeirão não vinha da boca do teu tio Hakim; quem rezava era um objeto escuro: uma caixa preta sobre o túmulo do teu avô. Fiz o sinal da cruz, como muitos que passam ao lado deste túmulo e ficam abismados porque ali não há uma cruz, nem coroa de flores, nem imagem de santo, nenhum sinal de morto cristão. E ainda mais vendo aquele corpo sem voz murmurar, de costas para os defuntos...

Adamor quis saber o porquê, tantos porquês: o momento da oração, o corpo agachado e solidário à terra, e a voz metálica gutural, querendo ser canto e fala e oração a um só tempo.

Eu mesma relutei em acreditar que um corpo em Manaus estivesse voltado para Meca, como se o espaço da crença fosse quase tão vasto quanto o Universo: um corpo se inclina diante de um templo, de um oráculo, de uma estátua ou de uma figura, e então todas as geografias desaparecem ou confluem para a pedra negra que repousa no íntimo de cada um.

Lembro-me de que na penúltima carta quiseste saber quando eu ia deixar a clínica, e "sem querer ser indiscreto" me fizeste várias perguntas, e até brincaste: "Não se trata de uma inquisição epistolar". Sei que não era uma carta inquisitória, mas a tua curiosidade exorbitante às vezes me assusta, a ponto de me deixar perplexa e desarmada. O que aconteceu enquanto morei na clínica? As primeiras semanas vivi imersa na escuridão pacata de um sono contínuo e sem sonhos. Era como se eu tivesse os olhos vendados, ou como se uma cegueira precoce e súbita fosse uma defesa à vinda de nossa mãe, que chegou assim que foi informada do meu internamento. Creio que não cheguei a vê-la, nem sequer de longe. Mas certa noite, ao olhar para a porta aberta do quarto, divisei um contorno indefinido, uma forma envolta de sombras, como se um corpo tivesse escapado da claridade da luz para refugiar-se numa região obscura situada entre a soleira da porta e os confins do mundo. Talvez fosse ela, porque escutei a mesma voz que nos abandonou há tanto tempo: uma voz dirigida a Emilie, sondando de um lugar distante, notícias da nossa vida. O corpo e a voz, tão próximos de mim, já não eram mais que uma pálida lembrança de um encontro quimérico, e esvaneceram por completo quando emergi do estado de torpor para ingressar no espaço ordenado, asséptico e sóbrio, golpeado sem cessar pelo estrépito alucinante das pessoas reconduzidas ao sono letárgico dos que haviam ingressado recentemente para passar dias e dias alijados de qualquer gesto lúcido ou criativo, como alguém que dorme no fundo do oceano e apenas respira ao lado de monstros marinhos e algas venenosas que gravitam entre um leito lodoso e uma superfície de altura abissal. Alguns dias passei ali, pensando: como tinha ido parar naquele lugar, e esperando que minha amiga me revelasse o que mais temia, mas que para mim já era uma certeza, pois intimamente estava persuadida de que fora internada a mando da nossa mãe, depois do meu último acesso de fúria e descontrole, quando nada ficou de pé nem inteiro no lugar onde morava. Vim sem muita resistência, como um cego ou uma criança perdida que são conduzidos a algum lugar familiar. E ali, a alguns quilômetros do centro da cidade, a loucura e a solidão me eram familiares. Da janela do quarto via o emaranhado de torres cinzentas que sumiam e reapareciam, pensando que lá também (onde a multidão se espreme em apartamentos ou em moradias construídas com tábuas e pedaços de cartão) era o outro lugar da solidão e da loucura. Passava algum tempo a olhar o panorama da metrópole e o pátio da casa transformada em "clínica de repouso", onde havia bancos de cimento, caminhos de grama e árvores. Antes do fim da tarde saía do quarto para observar as mulheres que vinham reverenciar o crepúsculo ou buscar uma trégua ao desamparo e à solidão. Algumas contavam as mesmas histórias, evocando lembranças em voz alta, para que o passado não morresse, e a origem de tudo (de uma vida, de um lugar, de um tempo) fosse resgatada. Reparava na mulher de negro que tirava a roupa, voltava correndo para o quarto, ressurgia vestida de negro e prostrava-se debaixo de uma árvore, onde permanecia recostada no tronco até desaparecer, confundida com a noite. Havia as que bailavam ao som de uma canção imaginária, e também uma mulher de olhos verdes, conhecida por Maria Ares, a Bela, que se aproximava lentamente das que não a rejeitavam, e arrancava de algum lugar do corpo o retrato de um homem e o mostrava com a devoção de quem mostra a imagem de um santo ou de um mártir. De vez em quando escutava gritos que vinham do outro lado do muro e só então soube que a casa se estendia além daqueles muros: porque não era o tempo, nem o espaço nem a noite que separavam a ala das mulheres da dos homens, e sim um muro sólido, espesso, intransponível. Maria Ares, a Bela, depois de contemplar o retrato, apontava para o muro; tentara escalá-lo cravando a ponta dos dedos nas saliências das pedras, e por isso fora punida e isolada das outras por algum tempo. A outra ala, no outro lado do edifício, nos parecia mais inacessível e distante que a cidade. Era uma construção cuja planta lembrava uma mariposa: o corpo era o volume que abrigava os quartos, a sua cabeça a administração, e nas duas asas simétricas situavam-se os pátios, os refeitórios e os jardins com seus caminhos de grama e pedra que circundavam as árvores e terminavam nos portões de ferro. Às vezes recebia a visita de minha amiga, para quem contava o meu dia a dia, a conversa com os médicos, e os relatórios que escreviam depois de observar meus gestos, meu olhar, as pessoas a quem me dirigia. O minucioso itinerário do meu cotidiano era rigorosamente inventariado. Para me divertir, para distorcer alguma verdade, para tornar a representação algo em suspense, contava sonhos que não tinha sonhado e passagens fictícias da minha vida. Só não inventei a respeito dos pais, mas falei muito pouco disso. Eles me escutavam com paciência, uma paciência fria para exacerbar a ausência da emoção. Os encontros aconteciam numa sala de paredes brancas, ocupada por pessoas vestidas de branco e situada na extremidade da cabeça da mariposa, como um aquário habitado por peixes mortos, que tanto contrastava com o burburinho do pátio: reino da emoção, do estado selvagem do desejo. Miriam me trazia livros, cartas, agulha, linha e notícias. Ela soube que minha mãe ia viajar pela Europa e passaria por Barcelona para te visitar. Minha história com ela é a história de um desencontro. Sei que este assunto melindroso não te atrai muito, "é uma conversa de cristal", dizias, sempre que eu voltava a falar nisso. Assunto que arde, palavras de fogo, conversa do diabo, não? Sei também que conviveste um certo tempo com ela, mas eu, que saí mais cedo de Manaus, só a vi uma única vez durante a infância. Emilie nunca me escondeu nada, como se me dissesse: tua mãe é uma presença impossível, é o desconhecido incrustado no outro lado do espelho. Miriam estranhava o fato de eu não sair dali o quanto antes; ela se incomodava quando lhe pedia para sentar no pátio, e estremecia ao ver as duas beatas que se acercavam com os olhos arregalados e se ajoelhavam à nossa frente, segurando nas mãos um terço de contas transparentes. "O que te atrai para continuares aqui?", me dizia. Quis responder perguntando o que me atraía lá fora, mas preferi dizer que estava pensando numa viagem.

O tempo que permaneci na clínica, ora procurava o pátio para ficar com as outras, ora me confinava no quarto, cuja janela se abria para dois mundos. Do mundo da desordem, ofuscado pela atmosfera suja do movimento vertiginoso da cidade que se expande a cada minuto, eu ainda guardava as cicatrizes do desespero e da impaciência para sobreviver, dilacerada pela árdua conquista de prazeres efêmeros, como o delicado relevo de um caracol na areia da praia, logo apagado pelas águas do mar. O outro mundo, visível demais, latejava a poucos passos da janela. Ao fim de algumas semanas, eu já podia, de olhos fechados, identificar as vozes de cada pessoa, imaginar os gestos das que nunca falavam, e entoar as orações das que rezavam. O quarto era o lugar privilegiado da solidão. Ali, aprendi a bordar. Retalhei um lençol esfarrapado para fazer alguns lenços, onde bordei as iniciais dos nomes e apelidos, e teci formas abstratas nos pedaços de pano que desejava presentear às que não tinham nome ou não eram conhecidas através dos nomes: pessoas que nunca me olhavam, nunca se olhavam: corpos sem fala, excluídos do diálogo, e que pareciam caminhar num deserto sem Deus e sem oásis, deixando atrás de si um rastro apagado pelo vento, pelo sopro da morte. Em certos momentos da noite, sobretudo nas horas de insônia, arrisquei várias viagens, todas imaginárias: viagens da memória. Às vezes, lia e relia com avidez as tuas cartas, algumas antigas, datadas ainda de Madri, e em muitas linhas tu lamentavas o meu silêncio ou a minha demora para escrever-te. Nessa época, talvez durante a última semana que fiquei naquele lugar, escrevi um relato: não saberia dizer se conto, novela ou fábula, apenas palavras e frases que não buscavam um gênero ou uma forma literária. Eu mesma procurei um tema que norteasse a narrativa, mas cada frase evocava um assunto diferente, uma imagem distinta da anterior, e numa única página tudo se mesclava: fragmentos das tuas cartas e do meu diário, a descrição da minha chegada a São Paulo, um sonho antigo resgatado pela memória, o assassinato de uma freira, o tumulto do centro da cidade, uma tempestade de granizos, uma flor esmigalhada pela mão de uma criança e a voz de uma mulher que nunca pronunciou meu nome. Pensei em te enviar uma cópia, mas sem saber por que rasguei o original, e fiz do papel picado uma colagem; entre a textura de letras e palavras colei os lenços com bordados abstratos: a mistura do papel com o tecido, das cores com o preto da tinta e com o branco do papel, não me desagradou. O desenho acabado não representa nada, mas quem o observa com atenção pode associá-lo vagamente a um rosto informe. Sim, um rosto informe ou estilhaçado, talvez uma busca impossível neste desejo súbito de viajar para Manaus depois de uma longa ausência. Não desejava desembarcar aqui à luz do dia, queria evitar as surpresas que a claridade impõe, e regressar às cegas, como alguns pássaros que se refugiam na copa escura de uma árvore solitária, ou um corpo que foge de uma esfera de fogo, para ingressar no mar tempestuoso da memória. Lá do alto, o viajante noturno tem a sensação de que um rio de histórias flui na cidade invisível. Tu sobrevoas a selva escura durante horas, e nenhum cisco luminoso desponta quando o olhar procura lá embaixo um sinal de vida. Nada anuncia o fim da longa travessia aérea: bruscamente, como as luzes de um gigantesco transatlântico a flutuar num oceano que separa dois continentes, uma constelação terrestre e aquática te adverte que a floresta ali muda de nome, que o rio antes invisível agora torna-se um caminho iluminado, e também suas margens, seus afluentes, os braços dos afluentes e até mesmo a floresta, em pontos esparsos, são pontilhados de luz. Essa claridade disseminada por toda parte te faz pensar que a cidade, o rio e a selva se acendem ao mesmo tempo e são inseparáveis; que o avião, ao navegar naquele espaço que se projeta sobre a linha do equador, divide duas abóbadas incandescentes. Mesmo perdendo altura, variando o ângulo visual e sabendo que agora já não são oito ou dez mil metros que te separam do solo, nada te faz distinguir as vias de asfalto dos caminhos aquáticos e da mata densa: um percurso sinuoso de luz podem ser os faróis das embarcações ou dos carros, e os focos fixos e reluzentes concentrados num mesmo lugar podem ser uma rua, um porto, uma praça ou um bairro inteiro que emerge da água.

Já passava das onze quando cheguei na casa que desconhecia. Ninguém foi avisado de que eu chegaria aquela noite, mas eu sabia que, na ausência da mãe, a empregada ficaria sozinha na casa construída próxima ao sobrado onde Emilie morava. Dirigi-me ao quintal, após ter atravessado uma espécie de caramanchão: passagem entre um vasto jardim e o fundo da casa. Ali, onde se encontravam as edículas, tudo estava escuro. Um

*146*

único globo de luz aclarava o jardim. Preferi não acordar a empregada e passar a noite ao ar livre, deitada na grama ou sentada nas cadeiras espalhadas sob os jambeiros, ou entre palmeiras mais altas que a casa. Levava comigo apenas um alforje com algumas roupas, um pequeno álbum com fotos, todas feitas na casa de Emilie, a esfera da infância. Não esqueci o meu caderno de diário, e, na última hora, decidi trazer o gravador, as fitas e todas as tuas cartas. Na última, ao saber que vinha a Manaus, pedias para que eu anotasse tudo o que fosse possível: "Se algo inusitado acontecer por lá, disseque todos os dados, como faria um bom repórter, um estudante de anatomia, ou Stubb, o dissecador de cetáceos".

O teu presságio me deu trabalho. Gravei várias fitas, enchi de anotações uma dezena de cadernos, mas fui incapaz de ordenar coisa com coisa. Confesso que as tentativas foram inúmeras e todas exaustivas, mas ao final de cada passagem, de cada depoimento, tudo se embaralhava em desconexas constelações de episódios, rumores de todos os cantos, fatos medíocres, datas e dados em abundância. Quando conseguia organizar os episódios em desordem ou encadear vozes, então surgia uma lacuna onde habitavam o esquecimento e a hesitação: um espaço morto que minava a sequência de ideias. E isso me alijava do ofício necessário e talvez imperativo que é o de ordenar o relato, para não deixá-lo suspenso, à deriva, modulado pelo acaso. Pensava (ao olhar para a imensidão do rio que traga a floresta) num navegante perdido em seus meandros, remando em busca de um afluente que o conduzisse ao leito maior, ou ao vislumbre de algum porto. Senti-me como esse remador, sempre em movimento, mas perdido no movimento, aguilhoado pela tenacidade de querer escapar: movimento que conduz a outras águas ainda mais confusas, correndo por rumos incertos.

Quantas vezes recomecei a ordenação de episódios, e quantas vezes me surpreendi ao esbarrar no mesmo início, ou no vaivém vertiginoso de capítulos entrelaçados, formados de páginas e páginas numeradas de forma caótica. Também me deparei com um outro problema: como transcrever a fala engrolada de uns e o sotaque de outros? Tantas confidências de várias pessoas em tão poucos dias ressoavam como um coral de vozes dispersas. Restava então recorrer à minha própria voz, que planaria como um pássaro gigantesco e frágil sobre as outras vozes. Assim, os depoimentos gravados, os incidentes, e tudo o que era audível e visível passou a ser norteado por uma única voz, que se debatia entre a hesitação e os murmúrios do passado. E o passado era como um perseguidor invisível, uma mão transparente acenando para mim, gravitando em torno de épocas e lugares situados muito longe da minha breve permanência na cidade. Para te revelar (numa carta que seria a compilação abreviada de uma vida) que Emilie se foi para sempre, comecei a imaginar com os olhos da memória as passagens da infância, as cantigas, os convívios, a fala dos outros, a nossa gargalhada ao escutar o idioma híbrido que Emilie inventava todos os dias.

Era como se eu tentasse sussurrar no teu ouvido a melodia de uma canção sequestrada, e que, pouco a pouco, notas esparsas e frases sincopadas moldavam e modulavam a melodia perdida."

**MILTON HATOUM** (Manaus, 1952) estudou arquitetura na USP e estreou na ficção com *Relato de um certo Oriente* (1989, prêmio Jabuti de melhor romance). Seu segundo romance, *Dois irmãos* (2000), foi adaptado para televisão, teatro e quadrinhos. Com *Cinzas do Norte* (2005), Hatoum ganhou os prêmios Jabuti, Livro do Ano, Portugal Telecom, Bravo! e APCA. Publicou o livro de contos *A cidade ilhada* (2006), a novela *Órfãos do Eldorado* (2009), adaptada para o cinema em 2015, e a coletânea de crônicas *Um solitário à espreita* (2013). Os romances *A noite da espera* (2017, prêmio Juca Pato/Intelectual do Ano) e *Pontos de fuga* (2019) fazem parte da trilogia O Lugar Mais Sombrio. Sua obra de ficção, publicada em dezessete países, recebeu em 2018 o prêmio Roger Caillois (Maison de l'Amérique Latine/Pen Club-França).

1ª edição Companhia das Letras [1989] 4 reimpressões
2ª edição Companhia das Letras [2000] 9 reimpressões
3ª edição Companhia das Letras [2008] 5 reimpressões
4ª edição Companhia das Letras [2024] 1 reimpressão
1ª edição Companhia de Bolso [2008] 15 reimpressões

Esta obra foi composta pela Verba Editorial em Janson Text
e impressa pela Gráfica Bartira em ofsete sobre papel Pólen da
Suzano S.A. para a Editora Schwarcz em novembro de 2024

A marca FSC® é a garantia de que a madeira utilizada na fabricação do papel deste livro provém de florestas que foram gerenciadas de maneira ambientalmente correta, socialmente justa e economicamente viável, além de outras fontes de origem controlada.